JN123433

言葉たちに

戦後詩私史

平林敏彦

港の人

装画
清宮質文《初秋の風》
神奈川県立近代美術館蔵

目次

『新詩派』創刊号（一九四六年）より

青春の門

ある日、わたしは路傍の雑草にそこはかとないこころを寄せに。うすく埃を浴びた土堤の道のべの雑草を踏みつけながら。雑草は冬ざれの光の中でひそかではあつたが、小止みない生命のちからが土埃の下から新な胎動を約束してゐた。わたしは思つた、烈しい反抗が花もつけさせずあらあらしい姿態を自らに与えてしまふのだ、しかし名も無い雑草のひとむらほどの奔走る生命を感じさせ、強靱な風景を展開せしめるものがほかにあつたらうかと。あれは絶えることない反抗だ地球を蔽ふ雑草の原。それらは人間と機械とによつて征服されてきたであらうか。ああ地の底でもそれらは常に新鮮な胎動をつづけてきた。家の下で、戦場でそれらは萌えた。けふ、雑草の原の底ふかくすべては葬られた。花はいろあせ、かしましき鳥族は死に絶えた。そのあとから新しい、純粋な反抗がむらむらと頭を擡げてきた。

わたしは雑草を踏みつけた足をのけた。虐げられた姿態で静かに萌えてゆくもの、わたしは瞬間青春を感じとつた。それらはまがひもなく永遠の青春を匂はせてゐた。それらは青春のまま忽然と死に赴く。つねに反抗をつづけつつ死ぬる。詩はその反抗ともいへようか。詩はまこと青春の所産であらう。真の反抗をつづけた詩人のすべてが尊い青春の墓標の下に睡つた。しかしこにひとつの門がある。自虐の世界が彼方にひらけてゐる耿々たる門がある。わたしらはそれを裸身でくぐる。逞しい反逆の意志であるくより外ない道がつづいてゐる。青春の門、いくたびかくぐるその門はかぎりないがわたしらは常に身ひとつである。

詩はあくまできびしい青春の門である。わたしは窃かに筆をやすめ、青春の途上にある自らを顧る。窓外には低い屋根が濡れて涯なくつづいてゐる。あけくれにたつきの煙りが消えてゆく町の空がつづいてゐる。わたしらはひさかたぶりにその肉体とこころとを、かなしいやすらぎとともに故里へ送ることが出来た。貧しい生活だが心たのしい日を迎えることさへ出来た。わたしはしみじみと仕合せを感じた。それと同時にわたしら詩人が戦争中意識しつつも醸しだした狭隘な枠について三省せねばならなかつた。わたしは今日からこの重苦しい枠とたたかふ労働者であらねばならない。わたしは幾つかの門をくゞりぬけてゆかねばならない、そして明日の門はけふより窄い。

いま、わたしらが決意すべきことは、今日の詩人はもつとも革命的であることは勿論、逞しい美の予言者として時代に先行すべきことである。わたしらは少しも常識的であつてはならぬし、美に対する新しい勇気を用意せねばならない。日本詩の歴史はきはめて新しく、詩人のいのちもまた青春の途上にあるといふべきであらう。いまにして詩人の幸福と使命とを思ひみるべきである。青春はうつくしき浪費によつて明日につながる。そしてわたしらは惜しみなくそれにけふの意欲をかたむけてゆく。

そして革命はあくまでも新しきものにつながる。いふまでもなく、それは復興といふ語と根本的な相違性をもつてゐる。それゆえに新しき詩は新しき世代によつてのみ実現が可能である。そして革新された明日の文化の母胎には香り高い浪漫精神があふれてゐねばならぬ予感をわたしは持つてゐる。戦争による涸渇はまたわたしらから奔放さを奪ひさり、動もすれば卑屈な完成へとみちびきがちであつた。いまこそ詩は破綻を欲し、未完成の情熱に明日を期待づけてゐる。風景に夜明けがくる。さきがける鳥は傷ついても飛ばねばならない悲願を宿命的にもつ。

今日この機会にふたたび退嬰的詩人群の玩具に詩を堕さしめてはならない。われらの反抗はつひによき服従となる日を迎えるであらう。詩壇の新人と呼ばれる世代は嘗てあまりに追従的であつた。日本詩の歴史はあらたな段階を迎えながら尚無気力に災ひさせた責任はわれらにあつた。けふ、ここに同志を得て新しき世代の結集をみた、しかもわれらは常に前衛的存在たらんことを第一に掲げた。この貧しい雑誌の一切によつてわたしらは前進する。門はかぎりなく、道は遠い。

燃ゆる衣裳

樹を伐る音が
けふ　灯もともらぬ
風景の背をひき裂いて
きこえてくる

草ふかい道に忘れた
貧しい衣裳
窃かにそれを思ひだす

ひかりかたぶき
墓標は沈み

風わたる草生は昏く
そのほとりで
ふるびた衣裳はうたふ
いつか
氷雨のなかで
ぺかぺかに乾いた
わたしの骨が
燃える
引きちぎれた
衣裳が燃える

歌ひながら
こずゑをつたひ
ひた趨り
わたしは燃える

わたしは光る鞭になる

ああ
薄明の風をきく
わたしと影と
一瞬にほふ
花群は朝の飛沫を浴びる

記憶

Memorandum

あばら家にいて、間近に山の姿を眺めていると、余命幾許もなし、という思いがゆらめいてくる。信じたくはないが、ぼくもついに老年ということだろう。北アルプスを一望する安曇野松川村、故郷の横浜からここへ移住して三年になる。雪どけの水のかがやき、落日のつかのまに明暗がうつろう空の色、自然の息づかいを至福と感じることも知った。

土蔵の暗がりで振り子がゆれ
過ぎた時のなかばはもう水になって
日もすがら寂しい風が吹いている
きょうも巻貝の化石を掘り出し
人生のすきまからこぼれ落ちる

微かなものの音を聴いて暮らした
あれが白馬の駆ける雪形だと
農道の曲がり角で会った若者は指差したが
山肌の光は一瞬すみれ色の空間に消え
猟銃の谺にはさまれた耳が爪先に転がっている

こんな想念の日常である。ぼくが住んでいる田園地帯は戦後の開拓地で、旧満州からの引き揚げ者達が松林を伐りひらいて水田にしたところだ。開拓民一世はもう数少ないが、彼らの多くは地を這うような労苦の末に死んでいったという。明け暮れに農民の姿を見るたび、いいかげんな生き方をしてきた自分が恥ずかしくなる。
　去年、親しくつき合っている村の画家と組んで、たわむれに「詩の絵本」を作った。ぼくの六冊目の小詩集『LUNA²』だが、その中のひとつ。

雨あがりの無人駅ホームに
いつのまにか春の光があふれている
花畑にそっと降りてくる魂のかたちが

透けて見えるのはそんな日だ
あそこで動いているのは象ですか
いや鯨でしょうなどとたがいに目を細め
かなしいほどにぎやかに時間が止まっている
かれらはいつも無力で貧しかったが
空の高みから何を眺めていたのだろう
みんな素粒子のように自由になって

死んでもわずらわしい葬式などせず、あっさり今生の終わりにしたい。死ぬ場所として安曇野は悪くないと思うが、ぼくは戦後五十年間に二十回以上も転々としてきたから、終のすみかがここになるかどうか。

人はあきれるが、引っ越しは好きだった。しばらく一か所に住むと、飽きが来るというより環境を変えたくなる癖がある。たまった本を捨て、身のまわりを整理し、トラックに家財道具を積み込むとまるで新しい世界がひらけるように錯覚する。神奈川、東京、静岡など転々して、初めて海岸線のない信州へ来たが、山に囲まれてみるとここが最後の地にふさわしいような気もしてきた。

いまだに借家暮らしで、万事簡素な生活をしている。周囲は山林と水田、林檎の産地でもある。用足しはジープでする。郵便局まで四キロ、小さな書店まで五キロあるが、飲み屋まで雪道を走るのにも馴れた。米も酒も水もうまい。と言っても悠々自適の生活などできるわけがなく、貧乏は死ぬまでついてまわるだろう。

家族は妻と二人だけだが、猫が七匹いる。捨て猫、都会の友人が連れて来た猫、自然に居ついた猫、勝手に侵入してベッドに寝そべっている猫、家じゅういつも猫だらけだ。うちのカミさんは「早く田舎へ引っ越して、気がねなく猫と暮らしながらバラの栽培をしたい」と憧れていた人だから、今の生活にけっこう満足している。ぼくのほうは猫はじゃれるもの、花は眺めるものという怠け者なので「それでも詩人か」と言われる。返す言葉がない。

食うために週に一度は東京の出版社へ出稼ぎに行く。地方へ取材に出ることもある。大糸線の細野という無人駅から「扉は手で開けてください」というローカル線で松本へ出て、中央線の特急に乗り換え、神保町の仕事場まで自宅から片道四時間。その日は帰れず都内の安宿に泊まり、翌日引き揚げる。駅のそばの空地に置いてあるジープで、山に向かって走りながら詩の一行が頭に浮ぶこともある。

ぼくがともかく詩を書いたのは、戦中の少年期から三十代半ばまでと、六十歳を過ぎた一九八七年以降のことだが、人の一生はつかのまで、感受性や思想的傾向は生来固有のものだという気がする。ただ、自覚的に書くようになった戦後の詩は、つねに自己を検証するための作業だった。その動機が戦争体験であることは、ぼくたちの世代に共通のものだろう。

詩は時代の証言という側面もあるが、世界は崩壊に向かっているとも言えそうな予感の中で、それに逆らう意思があるうちは詩が書けるかも知れない。ぼくの詩は今、どこに在るのか。

詩集『礫刑の夏』(一九九三年)にふれて、長谷川龍生は次のように論評している。

小さな地獄図を見るようである。平林敏彦さんは明らかに、「中有」の世界を意識しはじめた。いや、その世界、領域にまともに生きのびている。この一様は、独自の宗教観にもとづくものであって、諦観の俗世をふみしだいているのである。この気概があればこそ、罪障のようなものを、いろいろな光景として、把握することができたのであろう。

(「現代詩手帖」一九九三年十二月号)

言わずもがなだが、中有とは現在の生を終わり死んでから、ふたたび宇宙とともにある本有に生を受けるまでの道のりをいう。ぼくの宗教観はきわめて未熟なものだが、生死の様相が少しでもうかがえるようになれば、まだ詩は無限に書けるだろう。

漠然と死が見えてきた頃、ぼくは火葬にした灰を海に撒いてもらうか、山に埋めてもらうかと考えたが、それはあまりにかっこよすぎると思い直した。中有の認識にリアリティがあるなら、ぼくが選ぶ葬られ方は献体がふさわしいのではないか。書いた詩はたとえ一人でもこの世の誰かの記憶に残ってほしいと夢想するが、骨や灰にいったい何の意味があるだろう。

戦後の五十年はまたたくまに過ぎ去ったが、心に残ることは限りなくある。ぼくは何のために詩を書くのか、いつ地獄を背負ったのか。長谷川は「すべてが宿縁であった」と書いたが、その道すじを検証することがすなわち詩ではあるまいか。

＊

土木技師だった父が突然家出して消息不明になったのは、ぼくが四歳になる前だった。ある女性と駆け落ちしたことがあとで分かったが、その後は母が働きに出てぼくと妹を育てた。環境のせいにしたくないが、小学生の頃からぼくは何かにつけて反抗的で、教師に手を焼かせた。詩を書く素地があったのかも知れない。

母の収入だけでは生活が困難だったらしく、家のひと間を賃貸ししていた。下宿人は何回も変わったが、今思うと中のひとりは左翼の活動家で、ときどき煙のように姿を消した。帰って来ると彼は長髪をかき上げながら「おばさん、また別荘へ行って来たよ」と、ぼくの母に笑って言った。別荘とはむろん留置場のことだが、ときどき彼の部屋をのぞくと、見知らぬ若い女が手鏡をのぞいていたりした。

何年かたって彼は突然どこかへ引っ越すことになり「不用な雑誌を置いて行くから屑屋に出して」と母に言ったが、その中に「セルパン」や「若草」の束があった。佐藤惣之助が詩の選者だった「若草」をぼくは初めて見た。たしか中学の下級生の頃で、詩らしいものを書き始めていたぼくは、親しい友人とふたりで「轍」というコンニャク版の小冊子を作っていた。なぜ詩に心をひかれるようになったのかわからない。誰から教えられたわけでもなく、両親も文学などとはまったく無縁な人間だった。

ぼくが通っていたのは横浜の商業学校だが、あるとき校友会誌で河合幸男という上級生の詩を読み、それまで自分が書いた詩の幼さとくだらなさを思い知った。学校で文芸部のリーダーだった彼は、次号の会誌に投稿したぼくと部室で会ってくれたが、その部室の壁にダニエル・ダリュー（フランス映画の大女優）の大判ポスターが貼ってあってまた震えがきた。すでに学校でも軍事教練が始まり、第二次大戦勃発の直前だった。当時から河合幸男の詩は「若草」や「蠟人形」の投稿欄にたびたび出ていて、少なからず影響されたぼくは、彼の手引きで現代詩を読むようになった。初めて彼の家を訪ねたとき見せられた大手拓次の「蛇の花嫁」は、ぼくを戦慄させた。

当時の公器的詩誌だった「文芸汎論」や「四季」に投稿を始めたのは、川崎に住んでいた詩人、泉沢浩志を知ったのがきっかけだ。ぼくとはほぼ同年代だが、彼は詩人の情報にくわしくて刺激されることが多かった。たしか彼の紹介で鏑木良一や内山登美子とも知り合い、「文芸汎論」の投稿欄で鮎川信夫、田村隆一など「荒地」のメンバーの名もよく見かけた。すでに戦時色は濃厚だったが、それとは関係なくぼくは拙い詩を自由に書きとばしていた。

投稿を続けながら、鏑木の編集する同人誌「詩科」や、荒居稔の「詩宝」にも参加した。那辺繁、明智康、安高圭之助、渋沢均、塩田満璃雄などの名があったと思う。当時、お茶の水の出版文化クラブで定期的にもたれた「文芸汎論」の会に行くと、安藤一郎、小林善雄、高祖保、岩佐東一郎など先輩詩人と会うこともできた。

ぼくはまだ詩の方法も知らず、おぼつかない心象風景を詩に書いていたが、通奏低音としてあった憂愁のごときものは当時の少年にほぼ共通する心情だったような気がする。有名詩人の多くがなだれを打って戦意昂揚の「愛国詩」に走ろうとしていた時代、ぼくらは軍靴の足音の外で秘め事のようにはかない抒情詩を書いていたのだ。

*

中学の同級生志沢正躬と一緒に田村隆一と直接会ったのもその頃だった。田村の生家は東京大塚の花街にあった有名料亭で、志沢はその界隈の甘味喫茶の息子だったが「田村隆一はね、出入りの芸者衆に産湯をつかわせてもらったんだって」と、ぼくに言った。そんなことにも興味があったが、何よりも志沢は田村の詩に心酔していて、ぜひ会うべきだとぼくを引っ張って行ったのだ。そのとき田村は明大文芸科の学生で、生家の近くのアパートにひとりで住んでいた。ぼくはいかにも気鋭の詩人らしい彼の風貌と、談論風発するその博識ぶりに圧倒され、さながら暁天の星を仰ぐような思いを抱いた。

その後も田村との接触は続いた。やっと中学を卒業して軍需工場に勤めたぼくはいっこう仕事に身が入らず、事務室のガリ版を使ってぺらぺらの詩誌を作っていたが、何度か田村の詩をもらって載せた。兵役年齢に近づいていたぼくはそれも戦場で死ぬまでのことで、夢にも生きのびるとは思っていなかった。

敗戦の一年前、ぼくは軍隊に召集された。市川国府台の野戦重砲兵連隊だった。中年の無気力な補充兵もいっしょくたの混成部隊で、すでに兵舎が不足し小学校に詰込まれた。「この部隊は近く南方戦線へ出動する」とか「数日後の予定だ」とか聞かされていた。初年兵の多くは実直な東北出身者で、軍国少年の意識をそのまま持ち込んできたが、小心でひねくれ者のぼくには軍隊が狂気の世界に思えた。私物検査で隠していた詩集や習作ノートも没収され、それが元で下士官の暴力の標的にされた。ことごとに上官の反感を買ったのは、いかに装おうとしても階級という身分差別を絶対とする軍隊に目をつむれなかったせいだろう。歯が折れ、血を吐くようなリンチが繰り返された。

いずれにしろ死は目前にあったが、兵士の間にはその恐怖をなめ合うようなまやかしの陥穴があり、死なばもろともという諦念が個の存在を曖昧なものにしていた。生命の尊厳はおろか、人間として発する言葉は一切タブーで、もちろん詩を書く自由など自分で圧殺するしかなかった。実はその状況の中でこそ詩が生まれる必然があったはずだが、ぼくにはそれだけの強靭な抵抗の意志も勇気もなく、天皇の軍隊に圧し潰されていた。あの屈辱とうしろめたさをぼくは生涯忘れないだろう。

だがぼくの周囲にも脱走を図ったり、厠で首を吊った初年兵がいた。彼らが弱者だったとは思えない。死ぬか殺されるか、それ以外に選択肢がない呪縛の中で一年余りが過ぎ、敗戦の日を迎えたとき、ぼくはただ詩を書きたい衝動に駆られた。何をどう書くか、暗中模索するしかなかったが、戦争の狂気に抗えなかった自分自身のうしろめたさを詩の主題にしたいと思った。もはや過去の詩に戻ることは許されなかった。

あの戦争に抗した良心の存在が、ぼくには何よりも輝かしく見えた。自分の卑劣さに対して、獄中から解放された思想家や文学者、宗教家の不屈な抵抗がぼくを圧倒した。人間の名に価するもの、生の意味を実証するもの、その原点に立ち戻る以外に戦後の詩もないと思われた。ぼくに回生の時があるなら、詩はその反映でなければならなかった。

＊

空襲で焼け出された母と妹は、縁故を頼って疎開した山梨の山間で農家の手伝いをしていた。むろんぼくには一冊の書物も残っていなかった。一九四五年秋、ぼくは横浜の焼け跡を歩き回って仕事を探し、地方新聞社に就職したが、北九州で小田雅彦、八束龍平たちが戦後最初の詩誌「鵬」(FOU)を創刊したのはその年だった。

刺激されたぼくは翌年三月、性急に「新詩派」創刊号を発行したが、これは住所がわかっていた詩人に呼びかけた恣意的なもので、方向性を持たない脆弱さを反省した。目的意識に立つ意欲的なエコールでなければ何の意味もない。この時期にぼくは田村隆一と再会し、コミュニスト詩人の高田新を知った。高田はぼくよりかなり年長だったが「文芸汎論」の投稿家仲間として記憶があり、政治的に傾斜していた彼のファナティックな詩には抵抗を感じたが、その情熱には触発されるものがあった。彼から学んだプロレタリア詩の歴史と、それらの詩人の生き方にも少なからず勇気づけられた。

時代の状況に対峙し得る詩の可能性をいかに模索するか。かつて影響を受けたモダニズム詩にも、遺産としてのプロレタリア詩にも飽き足らなかったぼくは、詩の再生を思想と技法の両面から止揚する必要を痛感していた。文壇では荒正人、平野謙、中野重治らの政治と文学論争が盛んだったが、それは詩が直面する課題でもあった。ともに最初の「新詩派」を出した柴田元男や高田と再出発の計画を検討していたぼくは、再会した田村が協力を約束してくれたことで心を決め、新たな意欲でその年六月第二次の「新詩派」創刊号を発行した。

この号の巻頭は田村の詩で、彼はさらに三好豊一郎に宛てた「手紙、一九四六年春」といふエッセーを書いている。田村はまず三好の詩「囚人」を紹介し、続いて「精神と肉體とを一元的に要約して、君にとつて唯一の場（それは君の自我だ）に集中すること、即ち無償の作業によつて、詩といふ無用にして命とりの生きものを彫琢し、君から vie の犬を産み出さねばならぬ仕事、そして更に君が犬を見てしまつたといふ事實が、犬の實證を君に要求する體の強ひられた仕事に、僕は衝きあたるのだ。これは随分不幸なことに相違ない。他人を愕かす爲に、表現に憂身をやつす世の幸福な詩人たちにくらべたら。……だが恐らく君の不幸が終る時は、詩といふ馬鹿げた代物に君は訣別するがいい。宿命といふ現代人に苦手な言葉は、さういふ逆説的な事態を鮮明に證明する爲にこの世に在るやうだ」（一部引用）と書いた。

「人は自分以外のものを驚かそうと企ててはならない」というヴァレリーの言葉に照応するこの論文は、自我と対峙する詩の生命の本質を衝いている。こういう詩人の姿勢と、二号に載った高田の論文「転形期の詩精神」を比較すれば、すでに「新詩派」は解体の予感を孕んでいることが歴然とするのだが、ぼくはその混沌のエネルギーの彼方に新しい詩の誕生を夢想していたのだ。

二号には三好豊一郎「壁」、田村隆一「紙上不眠」、鮎川信夫「耐えがたい二重」、八束龍平「すべての恍惚を」、岡安恒武「草むら」など、戦後詩の秀作といえる詩がそろったが、「新詩派」の大勢は次第にコミュニズムへの傾斜を深め、四号以降は田村、三好、鮎川がグループを離脱した。それを挫折と言うことはたやすいが、ぼくとしてはあくまで文学をスポイルする政治的呪縛を排除しながら、全人間的な世界観に立つ詩の回生を志向することに賭けたいと願った。詩人と戦争責任の問題を論じることに精力を注いだのも人間と時代の関りを再確認することによって、詩への信頼を回復するための方途だった。

だが、その論理と実体のはざまで試行錯誤するぼくは必然的に孤立し、やがて「新詩派」を放棄する羽目に陥るのだが、たとえば同人のひとり中島可一郎は八号のエッセー「新詩派論」で、当時のグループの実態をこう書いている。

「我々は新詩派が少くとも一本の紐で、不逞不頼の、効用と快楽で繋っているばかりでなく、明確に街衢に出、民衆の唇にふれあい、彼らを軽蔑することは我々自身を軽蔑することであると思い、しかし文学の面において彼等大衆の、人民の愚劣さと高貴さと愛と憎しみを容赦なく剔出しようとすることで結ばれていることをも承認する」そして最後に「我々はランボウのごとく、〝女と一緒にいるような幸福さ〟でどこに出掛けてゆこうとするのかは、一層今後明らかになるだろう……」と。約三年にわたった「新詩派」はこの号で廃刊になった。

＊

戦後五年間、職場も居所も転々とした。新聞社二社、出版社二社。鎌倉、吉祥寺、杉並から横浜へ移住し、ある事情で貿易商社へ転職することになった。その間「新詩派」を出して潰し、詩や評論を「ゆうとぴあ」「詩学」「文学」「新日本文学」「現代詩」などの雑誌に書いたが、飢餓に似た敗北感から脱することができなかった。

ぼくの義弟で東宝映画のプロデューサーだった椎野英之から書肆ユリイカの伊達得夫を紹介されたのは、一九五一年のことだ。戦後、椎野の家に寄寓していた中村真一郎がユリイカから詩集を出し、そのやれでもう一冊詩集ができるそうだから話に乗ってはどうかというのである。格安の経費ですむと聞いてぼくは早速詩をかき集め、伊達と会いに行った。

ぼくらの時代、無名の人間が詩集を出すことなど夢のまた夢で、それが可能なのは客観的評価を得た詩人だけだった。自費出版すら考えたこともなく、もちろんそんな金もなかった。いつか自分の詩が認められて、生涯に一冊の詩集でもと空想しながらこつこつ書いていたが、思いがけないなりゆきでこの年ユリイカからぼくのささやかな第一詩集『廃墟』が伊達の装幀で刊行された。

周囲の厚意で出版記念会が新橋駅前の蔵前工業会館で開かれたが、そのときの写真が最近新潮日本文学アルバムの「金子光晴」篇に収録されているのを見て驚いた。そんな写真を撮ったことさえ忘れていたが、金子光晴、壺井繁治、近藤東、岩佐東一郎、山之口貘、植村諦、長江道太郎、鳥見迅彦、宮崎譲、山本太郎、木原孝一、大川内令子、手塚久子、高田新、伊達得夫、そして三か月後に創刊する詩誌「詩行動」のメンバーになった森道之輔、難波律郎、滝口雅子、別所直樹、川崎覚太郎、柴田元男らが写っている。

その大半は鬼籍の人になったが、ぼくは陰に陽にこれらの詩人たちに励まされて詩を書き続けることができたのだ。

金子さんを訪ねたのは敗戦の翌年、ぼくが産経新聞の出版局から発行されていた「新風」という月刊誌の編集部にいたときだった。金子さんは疎開先の山中湖から東京へ戻ったばかりで、吉祥寺に住んでいたぼくのアパートの近くに家があった。予備知識といえば戦時中に河出版の『現代詩集』で金子さんの詩を読んだ記憶と、戦後初めて『鮫』を手にして激しい衝撃を受けたことだったが、暗黒の時代に抗して天皇制批判の詩を書いていた希有の詩人と知り合えたことは、ぼくにとって重大な事件だった。

金子さんと縁もゆかりもなかったぼくは、編集者として夫人の森三千代に小説の執筆を頼みに行った。むろん詩人に会うことが目的だったが、最初から居間へ上げてくれた厚意に甘えてぼくは足繁く金子さんの家へ通い、詩の話が聞けるようになった。すでに自分の父親ほどの年齢だったが、徐々に詩人の特異な世界観や行動の軌跡を知るにつれて、詩の本領が思想の表白であり、文明批評であることをぼくは学んだ。

金子さんの周辺がまだひっそりとしていたことも、ぼくにとっては幸いだった。恐る恐るぼくが見せる稚拙な詩の批評を綿密にしてくれ、文芸雑誌に紹介の労をとってくれたり、ときにはきわどい男女の話もよくした。気が向けば連れ立って街へ出かけるなど、楽しいつき合いもしてもらった。金子さんが小野十三郎や秋山清と「コスモス」を創刊した頃から人の出入りも多くなって、ぼくは畏敬する詩人と次第に疎遠になったが、私生活でもはかり知れない世話になった。

その後、ぼくは高田新の紹介で当時新日本文学会詩部会の拠点だった壺井繁治宅へよく通った。壺井さんを中心に岡本潤、植村諦、遠地輝武、サカイトクゾウ、宮崎譲、さらに作家の徳永直、江口渙、評論家の除村吉太郎、小原元、菊池章一らが集って、文学と政治をめぐる論争が繰り返された。民主主義文学の理念に共感するところはあったが、ぼくは自分の詩がそこに溶け込めない違和感を持っていた。

木原孝一や鳥見迅彦とは個人的に親しくつき合った。特に「詩学」の編集者だった木原とは会う機会が多く、会えば必ず前後不覚になるまで酒を飲み、彼がぼくのアパートへ泊まり込むこともあった。支離滅裂になってもとめどなく詩の話が続く。木原の批評は辛辣をきわめ、これほど詩が好きな人間がほかにいるだろうかとたじろぐほどだった。

ぼくの『廃墟』と同じ年に『荒地詩集』が出た。その冒頭に掲げたマニフェスト「Xへの献辞」はすこぶる刺激的なものだった。彼らは戦後の状況を絶望と死の影にみちた荒地と認識し「破滅からの脱出、亡びへの抗議は僕達にとって自己の運命に対する反逆的意志であり、生存証明でもある」と主張したが、それは戦後を体験した世代にとって当然とも言える姿勢で、時代の様相への批評と人間の実存を核とする詩の出発という意味でも共鳴するものがあった。

*

「新詩派」以後の空白を解消して新しいエコールを模索していたぼくにとって『荒地

詩集』の発刊はまたとないきっかけになった。その前年から緊密な美学に支えられた詩を書く難波律郎と親しい交際があり、戦時中「若草」や「文芸汎論」に詩を書いていた森道之輔も九州から上京してぼくの周辺にいた。新雑誌を出すときには中島可一郎や志沢正躬にも呼びかけようと考えていた。これに旧知のメンバー数人と、世代的に若い飯島耕一、金太中、児玉惇らが加わって「詩行動」創刊号が出たのは一九五一年十二月のことだ。

裏話風になるが、発行所にした柴田元男の家は空襲の焼け跡に建てたバラックで、その六畳間をぼくたちは「柴田部屋」と呼び、同人会はむろんのこと、酔いつぶれたあげくの宿に利用した。まだ乙類の焼酎と縁が切れない頃で、夜が更けると部屋は異臭でむせ返り、相互批評はおよそ罵詈雑言に近かった。

つねに対立して声を荒立てるのはぼくと柴田だったが、難波や中島は眉をしかめ、若い飯島や児玉はぼう然としていた。五百円の同人費はぼくがうるさく言って徴集したが、原稿が締切を過ぎてもそろわない。酒盛をしている隣りの小部屋でよく呻吟していた難波の異名は「彫身鏤骨」、興に乗ると彼は奥田良三直伝のテノールで「波浮の港」や「城ヶ島の雨」を歌い、妙にしみじみとした雰囲気になった。飯島はまだ東大の学生だったが、後年になって当時の状況をこう書いている。

「その柴田部屋にいつも平林、難波、中島さんたちがたむろし、そこにまだ学生の僕と金太中が加わって、さながらストルム・ウント・ドラングの楽しい日々でした。同人会がすむと焼酎とブタコマのスキヤキで、ひょっとしたらこの詩の会が一番楽しかったかも知れません。二十歳の僕はいそいそと柴田部屋へ通ったものです」

家主の柴田はやたら交際範囲が広く、柴田部屋には同人以外の顔ぶれもよく集った。思い出すままに名を挙げれば、金子光晴、壺井繁治、植村諦、山之口貘、田村昌由、木原孝一、三好豊一郎、内山登美子、大川内令子、栗田勇、秋山清、田村隆一、十返肇……。ある日、金子さんが「これ、おみやげ」と持参した古新聞の包みをあけたら、トグロを巻いたゴムのウンコが現れて毒気を抜かれたり、酔っぱらった木原が「八百屋お七」の春歌を歌い出したり、柴田部屋の喧騒は尽きなかった。

そうした中で飯島は「すべての戦いの終り」など記憶されるべき詩を書き、やがて戦後詩の大きな収穫となった詩集『他人の空』に結実したが、「詩行動」は月刊二十四冊と、別冊を出して、二年後に解体する。その間の詳細な推移は児玉が起草して、飯島とぼくが若干の補足をした別冊の論文「それぞれの渦流から河へ、詩行動二年度の歩み」で明らかにされた。長い引用になるが、その要点を再録しておく。

ぼくたちの雑誌〝詩行動〟はともかく二年の歳月を経た。この間、死亡者、事故者もなくすんだ。スペンダーやフレイザアも言うように、現代詩は〈現代生活のはなはだしい解体と混乱にいたるかも知れないものに、結合と秩序を与えるイメージを求めており、このゆえに、文学批評家のみならず、世相や社会変化を研究する者にも深い興味ある対象となる〉べきはずのものである。これは確かなことだ。では、ぼくたちの詩はよくその意図にそい得たであろうか――、この小文の主題はここに始まるわけである。

さて、ぼくたちはいま〈現代社会のはなはだしい解体……〉というフレイザアの言葉を便宜的に引いた。解体。別に氏をわずらわすまでもない。これはぼくたちにもごくありふれた活字だが、いかようにさいころを振ろうとも、やはりこの言葉を文字盤から消すことはむずかしい。ぼくたちは冒頭、死亡者、事故者はなくてすんだと書いたが、未来は予測するも愚かである。上海の辛辣、呵責ない生死を描いた金子光晴の作品〈渦〉に、

あけがたの雨、路ばたにぬれてゐる死骸。
それは魯迅かもしれない。

欧陽予倩かもしれない。
ひよつとしたら田漢ぢやないか。

という部分があるが、まさしくぼくたちもいつ〈おや、この死屍はL君ではないか。いやQかもしれない〉ということになるかわからない。死体の判別がつけばまだよい。焼き焦がされた干魚のように、駅前の広場に山をなして一緒くたに積まれていたとしたら、どうであろう。……深刻、断崖、破滅、いかようにも言い得る。ぼくたちの詩が否応なしにこのような予感に目ざめたとき、しばしば痴呆するような無気力感に突き落とされたことを誰も責めることはできぬと思う。

詩行動前半の一年を回顧して、平林は〈われわれはただわずかに、この暗黒の時代に抗してかすかな爪あとにも似た詩を書いたに過ぎず、しょせん恥ずべきことでしかない〉と書いたが、この悲しみと憤怒にみちた言葉は恐ろしい真実を語っている。かかる感慨を今さら言うまでもないと笑えるだろうか。ぼくたちが歩みを進め巻を重ねるにつれて、その痛みは性懲りもなくつきまとった。いよいよ痛みを加えてさえいった。〈百の平和運動より、ぼくらは一篇のはかない詩を書くべきだ〉と平林は大胆に言い、〈ぼくたちの詩は戦争のあわれさの中にある〉というウィルフリド・オウエンの言葉を引いた。

しかしながら率直に言って、またすべての意見に反措定が可能であるように、ぼくたちの無力感の苦渋がしばしばそれに馴れて埋没するあまり、時に雰囲気の塵にまみれた作品を少なからず産んだことを、ぼくたちは否定できない。批判の火は、ぼくたちの内部から起った。ぼくたちの詩が免がれねばならないもの、それは何よりも詩を文学的メチェでしかなくすることからである。ヴェルレーヌが〈残されたものはただの文字だけだ〉と言い、ランボオが〈芸術なんざあ馬鹿げたことだとやっとわかった〉と言ったこと。これらは彼らの美の追究がはっきりモラルを、人間関係の真実を求める目的を忘れなかったことを意味している。

飯島は評論〝現代詩の再生〟でエリュアールの言葉を引きながら、たとえば次のように論難した。〈現代の荒地的現象を崩壊感覚によって、ただ崩壊の美学によってのみ捉えようとすること。その上でいかに見事に技巧をこらした作品が書かれようとも、そこに意思される孤独、破滅等の社会性はすべて甘美な観念をモメントにしたナルシシズムの変形にすぎず、勢いステリリテに陥るだけであろう〉。また平林の『Zへの手紙』も、その主張の方法にかなりのひらきこそあれ、詩を積極的に歴史的、倫理的主題の方向へおし出したものと言える。彼は依然として無神経な多くの抵抗詩とは別個の、言葉としての芸術性を、詩人として持たねばならぬ言葉への愛を、希望と絶望とのダイアレクティクの綜合とを主張した。さらに中島は〝詩と現実〟で日本の詩が引きずっている悪しきモダニズムの亡霊を歴史的観点から細緻に分析批判し、あわせて現代詩の必然と機能について明確化しながら、ぼくたちの進むべき方向のいとぐちを示した。しかし大きな共感を底流しつつ、個々の方法には見逃し得ない差異が認められ、同人会における激しい論議の応酬があったことも事実である。

ぼくたちは作品の相互批評にあたって、類型ということをしきりに言った。今日の普遍的な悲惨のパースペクティヴの中で、限られた言葉をもって書く詩にピアノの音のごとき異音が唐突に出るはずもないのだが、にもかかわらず非類型を、個性を追い求め続けた。ぼくたちは今日の文学、とりわけ詩が直面しなければならぬリアリティの探求という困難な課題を抱えているが、いたずらに嘆くのはやめよう。いささか牽強附会かも知れないが、たとえば今日、現代科学によって与えられた物理的世界の風景を、古代神話に象徴的に具体化されている宗教的直感を調和させようと試みるキャスリン・レイン（またE・シットウェル）あるいは種々の民俗学的神話に則して現代風景を構築しようとする浪漫的長篇詩に力を注ぐ英国の若い詩人たちの意図も、ぼくたちに強い共感を促す。ぼくたちの主題はすでに選ばれた。新しい創世紀が書かれるべきである。

これが一九五三年十二月、「詩行動」の解体を告げた論文の抜粋である。

*

エコールとしての同人誌が解体を恐れることは敗北だと、ぼくは考えていた。友情と妥協は別で、狎れ合いは詩を窒息させる。「詩行動」最終号の後記に「これは予期されていた問題だった。同人間のギャップを黙過することは許されぬ偽瞞であり、解体は唯一選ばれた手段だが、この座標から新しいグループが立ち上がるのは遠い将来ではないだろう」という展望をぼくは記したが、すでにこの時点で「今日」の会の構想があったことを告白する。

むろんぼく個人の意図だったが、年が明けてユリイカの伊達に相談を持ちかけた。ぼくがユリイカを発行所にしたかったのは、同人誌の枠にとらわれず、同世代の信頼できる詩人たちを糾合してひとつの「共和国」を作りたい思いがあったからだ。創刊号でその基盤を構築するという計画を伊達は受け入れてくれた。「詩行動」解体から半年後の一九五四年六月、「今日」創刊時のメンバーは中島、難波、飯島、児玉らとぼくを含めた七人だった。

中島が起草したマニフェスト「この共和国」の要旨は次のようなものである。


われわれの詩は、新しい人間性獲得のための批評精神にうらづけられる。……われわれの個性の所有とは、市民としてその社会参画を可能なかぎり押し進め、全体のなかの個の自覚をはげしくつかんだときに、初めて全うされる。逆説的にいえばわれわれは〈偉大な類型化〉を目指すことによって真の個性に到達しようとするのだ。われわれはもう大分以前から、互いのうちに違ったところを発見してよろこぶよりも、同じ夢を見つけて勇気を得るようになってきた。

われわれの詩は解体、分化の偏向を超克し、新しい方法を発見しようとする。……戦後の新しいグループの動きについても、われわれは多くいうべきことを持っている。われわれは彼らが社会現実に彼らなりのクサビを打込み、市民としての思想性を詩にもちこみ、過去とはちがった層の人々の胸に一つのショックを与えたことを知っている。だが同時に彼らの仕事が、現代は荒地であるという世界同時性の不安を敏感に伝達したことよりも、彼らの伝達があくまで無人境の状況に限られたことに注意を向けたい。ここでは彼らの自我と状況の切点が空虚な心象でしかもとめられていない。日本のモダニズムの後継者のごとき観のあるこれらのグループのひきずっている特性は、〈詩と詩論〉以後なにかと継承されているフォルマリスムの伝統に対する無抵抗な姿勢が見えることがある。そのレトリックによりかかる限り、詩の現実としてのリアリティはもはやわれわれを震撼させない。

新しい詩法の発見とは、新しいリアリティの発見である。……いまわれわれの関心をもっとも唆るのは、新しいリアリティをささえる新しいリアリズムの発見を現代詩の流れのなかで、果してつかみ得るかということである。現代が不毛の時代であることが、果してそのまま現代詩の衰亡の原因につらなっているのであろうか。われわれの精神は分化、解体の連続のはてに、もっとも単純なヒコポンデリーに落入るほど素朴ではない。この共和国においても、市民は未来についてある見透しをもっている。その見透しが、詩のリアリティのつよい一本の縄になる。われわれの詩は、この縄のうちのほそい藁のように、一本一本よじれ合い、重なりあう。

このマニフェストと、「詩行動」終刊の論文の間にはなにがしかの距離がある。それは「今日」が「詩行動」の延長ではないことの証明で、ぼくたちは共和国を意識した新しいエコールによって、あらためて詩の回生を目指す創世紀を書こうとしたのだ。

ぼく個人にとっても、この年は忘れがたい出来事があった。『廃墟』以後の詩に、それを上まわる未発表作品を書き加えて、かなり部厚い第二詩集『種子と破片』をユリイカから上梓したが、その題名は言うまでもなく過去の残骸から芽生えるべき種子を暗示したものだった。装幀や造本についても伊達と綿密に打ち合わせ、表紙はグレーのクロースと決め、児玉が探してくれたモノクロの印象的な写真をジャケットに使った。カバーの裏に金子さんの短文がある。

この詩集によつて著者は今日の時代に生きる人間の心理と、世界との間に横たわる生々しい実体に、直接その肌で触れる機縁を持ち、そのことによつて現代詩におけるひとつの強固な場を獲得したということが出来る。

これらの詩の方法は「廃墟」当時の苦渋にみちた窮屈な地点から脱出して、その思考と表現により複雑な陰影をあたえ、さまざまな現象面をさし透して現実の深部を剔りだすことに成功し、それによつて新しい時代の詩の表情をあかるく浮び上がらせている。

読者はこの詩集を読むことによつて、ほゞ未来の詩の顔とも言うべきものを見通すことができ、またこの詩人が現代に於ける少数なすぐれた詩の書き手のひとりであるということを疑うことは出来ないだろう。

むろん若年のぼくを励ましてくれた一文だが「今日」の創刊直後だっただけにうれしかった。また吉本隆明がこの詩集に収録した作品「魚の記録」にふれて「詩がひとつの起承転結をもった世界であるかどうかは問題ではない。メタフィジカルな思考が、現実の根源的な体験と交わるときの想像力の飛躍が問題であり、完結し限定される世界よりも、どこまでもつづく飛躍のくりかえしのなかに、必然的に詩的な世界がおわるようにおもわれる」(「戦後詩史論」)と論じたことも記憶に残った。

伊達の念願だった『戦後詩人全集』五巻本の刊行はこの年始まり、暮れに出た第四巻の収録詩人は野間宏、安東次男、飯島耕一、磯永秀雄、河邨文一郎とぼくの五人(解説金子光晴)であった。他の巻に「荒地」「列島」「櫂」の詩人達も参加して、それなりに戦後詩の時代が到来した時期である。

この年はぼくの私生活にも変化があった。月給取りの足を洗って横浜を離れ、以来フリーになってマスコミ関係の仕事で食いつなぎながら川崎から東京都内を転々することになる。やがて高度経済成長期に入ろうとする社会状勢とはうらはらに危い綱渡りが始まった。それでも精神的に最も昂揚していたのは、その頃ではなかったか。

「今日」は二号から共和国づくりに取りかかった。制作費をどこで工面したか記憶がないが、積極的に執筆者を拡大して三号までに清岡卓行、谷川雁、黒田三郎、山本太郎、安東次男、中村稔、大岡信、長谷川龍生らに誌面を提供し、幅と厚みを出すことに努力した。

この方向に共感を示して清岡、大岡、長谷川、さらに吉岡実、岩田宏、辻井喬、岸田衿子、入沢康夫、吉野弘らが順次基幹同人として参加し「今日」はユリイカの周辺に集る気鋭の詩人たちの強力な拠点となった。

　銀座裏の朝日書房に居候していたユリイカはその頃、今は伝説となった神保町の昭森社内に移動したが、ぼくはそこでいかに多くの詩人と出会ったことか。建付けの悪い開き戸をあけ、返本が山と積まれた暗い階段を斜めになって二階へ上ると、狭い板敷きの部屋の奥に昭森社主の森谷均さんのデスクがあり、その手前に机一つの出版社が並んでいる。階段のすぐ上が伊達のユリイカで、さまざまな詩人の出入りが絶えなかった。伊達は日に何回となく「応接室」代りに使っていたすぐ前の喫茶店ラドリオへ通い、長髪をかき上げながら静かな低い声で話し込んでいた。

「今日」のメンバーが充実したのは伊達と飯島の人脈に負うところが大きい。それまでまったく詩人づき合いをしなかった吉岡実をぼくに会わせてくれたのは飯島だが、そのとき見せられた詩集の高い燃焼度にぼくは息をのんだ。岩田宏の詩は前に読んでいたが、彼のぬきんでた才能は文学にとどまらず、「敗戦直後、キャバレーでピアノを弾いていた」などと聞いて仰天した。長谷川龍生はしばしば行方をくらまして、家へ電話すると奥さんに「龍生は三日前から帰って来ないけど、どこにいるか知りませんか」と逆に聞かれたりした。ぼくらは若く、戦後の影がまだ尾を引いている時代だった。

＊

ぼくが伊達から「新しい月刊誌を出したいので協力してくれないか」という相談を受けたのは、「今日」を創刊して二年後のことだ。ぼくに商業雑誌の編集経験があることを承知で、「一日おきに来て手伝ってくれればいい」と遠慮っぽく言う。その上、ぼくの懐工合を案じて「月五千円なら出せる」と気をつかってくれた。雑誌が出版社の命取りになる例は掃いて捨てるほどあったから大丈夫かと思ったが、ひと肌ぬぎたい気持ちのほうが強くてぼくは自分から飛びついた。

執筆者には「今日」のメンバーをはじめ「荒地」「列島」「櫂」などの詩人や、金子光晴、瀧口修造などにも原稿を依頼し、詩と評論を中心に美術批評にも力を入れるという編集方針だった。誌名は「ユリイカ」と決まっていて、創刊号からの表紙は伊達と親しかった作家由起しげ子の子息、伊原道夫に頼むことになった。何枚か届いた絵をラドリオの一隅でためつすがめつ、どれにするかと見くらべた日の光景が今も目に浮ぶ。物憂げな横顔がむしろ魅力的だった伊達が、あの頃は何と輝くような表情を見せていたことか。創刊号は谷川俊太郎の評論「世界へ！」を巻頭に一九五六年十月、世に出た。ぼくも〈dam〉という匿名で何号か時評を書いたが、これは伊達のすすめによる。

その後一年間、ぼくは「ユリイカ」の企画からレイアウト、校正まで手伝い、ときには詩を書き、連載の「往復書簡」で戦後飲み仲間だった吉行淳之介と組んだりしたが、原稿集めや広告取りもした。詩の雑誌で、編集者が若い詩人や批評家の自宅まで通ったのは「ユリイカ」だけではなかろうか。広告のほうは芥川賞受賞以前の開高健がいたサントリーの宣伝部や、山崎剛太郎がいた東和商事へ足を運んだが、小説や映画の話だけはずんでモノにならず、伊達をがっかりさせた。

そんなわけで伊達とぼくの関係は、他の詩人とは多少違ったものだったかもしれない。ふたりだけになると他言をはばかるような私的な話も出て、うなずいたり嘆き合ったりした。むろん伊達はユリイカに入れ込んでいたが、内幕はいつも火の車だったし、お互いさまだが他に厄介な問題も抱えていた。

この時期、「ユリイカ」と「今日」は並行していたわけだが、同じ昭森社ビルに間借りしていた「思潮社」の小田久郎は『戦後詩壇私史』の中でこう書いている。

書肆ユリイカの黄金時代の幕開けをシンボライズしているのは、詩誌「ユリイカ」の創刊である。私は創刊の動機として、戦後十年たった詩壇が新しい展開期にさしかかり、若い詩人たちが新しい発表の舞台を求めていたとし、その「時代的必然」が伊達を揺り動かした、と指摘した。巨視的、歴史的に見れば、まさにそのとおりであろう。

だが微視的、現実的な視点に戻して考えれば、同人詩誌「今日」の存在と影響が大きかったと思う。（中略）

飯島耕一によれば、伊達は絶えず（引用注　「今日」の）同人会に出席していたというが、この「共和国」という意識、「寄稿誌」という内容は、伊達にとって、極めて魅惑的であり、恰好のサンプルとなったに違いない。

小田がこのように見ていたのはむしろ意外で、ぼくには伊達がそれほど「今日」を意識していたとはちょっと思えない。伊達にはそんな気配もなく、ぼくは「ユリイカ」が計画されたとき、もう「今日」を出す意味はなくなったと思ったくらいだ。小田はもうひとつ客観的に、うがった見方をしていたのだろうか。

予感が的中したなどと無責任なことは言えないが、やがて「今日」は内部から自壊作用を起こし始めた。創刊以来、合評会は伊達をまじえて、主に岩田が懇意にしていた神保町の酒亭「弓月」の二階座敷で開かれたが、同人の数が増えるにつれて論議もトーンがダウンし根底の部分である種の違和感が生じてきた。その責任はぼくも負わなければならないが、やがて飯島の論文「アルファベット」の内容を不満として、児玉が痛烈な疑問を投げかける「詩人の畸型性について」を書くなど、徐々に危機感が高まった。その結果「今日」はほぼ五年間に十冊を刊行して終わるのだが、後半ぼく自身が詩を書く意欲を失っていたこともその引き金になったと思う。

言いわけはしたくないが、当時ぼくはひどく虚無的になって生活もすさんでいた。「新詩派」や「詩行動」を解体した頃の意欲や情熱もなくなった。理由はともあれ怠惰な日常の中で、詩を書くことに自信をなくしたというのが本当のところだろう。仲間であった清岡、吉岡、飯島、岩田、大岡の五人が「鰐」を結成するに至って、ぼくは長い沈黙に入る。

清岡は後日「現代詩手帖」のインタビューに応えて「なぜ五人が集ったかといえば、それぞれちがった意味ではあるが、シュルレアリスムの体験をになっているからだ」「ところが〈今日〉のほかの人たちは、こういった共通分母がない」と語ったが、それについての異論はしばらく措き、少なくともぼくにとって「鰐」の創刊は寝耳の水の出来事だった。そして詩も詩人もぼくから遠くなった。

＊

ぼくにとって三冊目の詩集『水辺の光　一九八七年冬』が出たのは、前詩集から三十四年後のことだ。「今日」廃刊から数えても三十年、理由を聞かれても手短かに答えるのはむずかしい。詩とは関係のない用事や、たまには飲もうかという気まぐれで岩田や辻井と会ったことはあるが、詩集や雑誌を手にすることはなかった。小田久郎がときどき年賀状に「新作を書いては」と誘ってくれたが心が動かない。たとえ書いても過去の自分の詩を超えられるか、という思いがあった。恐らくもう詩を書く機会はあるまいと考えていたそのぼくの尻尾をつかまえたのは、ぼくより二十歳以上も年下の未知の詩人だった。

伊豆に住んでいた頃である。ある事情でぼくは裁判所に生活費の原稿料を差し押さえられ、にっちもさっちもいかず落ち込んでいた。まさかということは、そういうときに起こるらしい。ある日、太田充広と名乗る詩人がぼくの家を訪ねて来た。『わがデウカリオン』など何冊か詩集も出し、関西で学習塾をやっているという。何の用事かと思えば、学生時代に長田弘の評論集『探究としての詩』（一九六七年）を読んでから、ぼくのことが気になっていたというのである。

忘れていたが、ぼくはその著書を長田から贈られていた。冒頭に「秋の理由」（序詩）として「ぼくらはいつもいちどかぎりの言葉をもつ」という「種子と破片」の詩句が引用してある。若い彼とぼくの間にそれまで接点はまったくなかったが、最後の部分だけ引くと「純潔な兄貴よ、／あなたは時代の透明な私生児だった／あなたの敗北はいつでもぼくの複雑な正義だ、／平林敏彦よ、／あなたはいま何を凝視めているか／それとも黙ってうつむいているのか／なぜ詩を書かないのか」と長田は書いている。

つまり、太田の話はぼくに、詩を書いてもらいたい、詩集を出す資金はある、新しい詩が読みたいという相談だった。ぼくはその厚意に感謝しながらもていねいに辞退した。詩は書けない、未知の人に負担をかけるのも心苦しい、そう言ったが、彼は二、三年の間に何回もぼくに会いに来た。今思えば贅沢な話だが、さんざん手こずらせたあげく、彼の誠意にこたえる気持ちになった。「水辺の光　一九八七年冬」という新詩集のタイトルには一条の光を求めて起ち上がる自分の思いを込めた。装幀は吉岡実が手がけ、長田弘が一文を寄せた。旧知の中村真一郎や「今日」の仲間が出版記念会でそれぞれの感慨を述べてくれたが、その夜都合で出席できなかった田村隆一の「永い沈黙、詩人にとって必要なことは、その沈黙が詩の母胎になることでしょう。これからはその成熟を生かして、ぞくぞくと詩を書いてください。自分自身のために、自分の中の他人にむかって」というメッセージは、怠惰な歳月を引きずってきたぼくの胸にしみた。

その後、数年の間に『環の光景』『磔刑の夏』が世に出たが、ぼくの詩がそれに価するかどうかは別として、先頃急逝した作曲家武満徹が私信で伝えてくれた批評も忘れられない。「人類が言葉を喪おうとしているとき、このように彫琢された言葉に接するよろこびはたとえようもない」と。

今にしてぼくは思う、叶うことなら生死をつなぐ伏流の水音が微かに聴こえるような詩を、最後の日までさりげなく書きたい。

「戦後詩」はすでにその歴史的役割を終えたとも言われるが、ぼくの詩の主題は今も変わらず、今後も変わらないだろう。戦争を体験して初めて自覚的に詩を書き、およそ五十年の歳月の波間を漂いながら、生きることにも詩作することにも試行錯誤して来た人間が、戦後を過去に葬ることなどできようはずもない。あの破滅的状況の中で、ぼくたちの世代が自らの運命に対する反逆の意志として生みだした戦後詩の骨法は、現在もなおぼくの詩のモチーフと方法でありうる。一篇のはかない詩を書くために生きることを、ぼくは恥じない。たとえば吹雪で明ける朝、強風が屋根をあおる夜半、この小さな村のほとりで想像力の井戸を掘ることが、残されたぼくの仕事になるだろう。

わかものたちは雨のなか　memorandum 1967-1988

困ると言われても、あえて昔のことを書かせてもらう。ここ一年半ほどクローズしていた「空想カフェ」のオーナー堀内みちこさんがとつぜん、「また復活オープンするからさ、なんでもいい、好き放題書いてよ」と言ってきた。実は二、三年前からはぐらかしてたので、いささか気がとがめている。それに彼女は長いこと介護してきた母親を亡くした悲嘆のどん底からやっと立ち直り、近く新しい詩集を出すという意気込みなので、こっちが沖を漕いでるわけにもいかない。その母上は大正生まれの着道楽だったらしいが、たぶん年齢的にはおっつかっつのぼくの死も近いというわけだ。ここ二、三年ぼくは急性心筋症ほか何種類も病気を抱え、目下坐骨神経痛で悲鳴をあげている。いつ死んでもハタ迷惑が肥大しないように献体登録はしてあるが、そう言えばバタリと詩を発表しなかった時期が過去にかためて三十年近くあって「あの人、死んだんでしょう、かわいそうに」とか、「どんな詩を書いてたんだかぜんぜん記憶にないけど」とか、まことしやかな噂もされていたらしい。言わば生ける屍になっていたのだが、その空白中に世にも不思議な事件があった。なにせ半世紀近くも前のことだから、今でも覚えてる人がいるかどうか。「空想カフェ」の若い客にはいい迷惑かもしれないが、あつかましく書かせていただく。

まず一篇の詩を引用したい。作者は誰でも知っている詩人の長田弘で、この詩が書かれたのは恐らく、一九六〇年代半ば、ぼくが生ける屍と化して十年ほど後に書いたものと推測できる。

秋の理由（序詩）

ぼくらはいちどかぎりの言葉をもつ――平林敏彦『種子と破片』（一九五四年）

平林敏彦よ、なぜ今日詩を書かないのか
純潔な兄貴よ、
「ぼくには　いま
まがってくるものだけがよくみえる」

だがそれ以上　何かいえば嘘になるのだった
そのことを誰れよりもあなたは熟知していた
　　　　　　　　　　　それは
朝鮮戦争の時代だった
　　かん高いアメリカ兵と百舌の声が
血のような夕暮れのなかにひろがった
　ぼくは　小学校上級生で
　　オニアザミの匂いのする学校に通い、
箒星　寒暖計　足踏みオルガン
　ワトソン博士やスコットランドヤード
　　　幼稚園長の太った伯母が好きだった
　　　　しかし　あなたの十月は、
たとえばにがいセロリや痛い言葉
　やさしい女たちのひもじい日々だった
　　薄紅いヒワの嘴にしか見ることのできない「今日」、
死んだ兵士の死んだ口もとの微笑だった。

（……そんな秋があったんだなんて　いまごろまで
　いったい誰れが記憶しつづけてきただろう？）
過ぎてゆく日のまっしろい歯のあいだで
　　歴史の悪意は、ぼくたちに
忘却のプディングのやわらかな味をおしえた、
　涙のようなひとしずくだけが
　　じぶんの傷口のうえに倒れかかるもののすべてだ、と。
そんなこと、でもどうして　幼いぼくが
信じることができただろう？　（以上前半）

読みながらぼくは沈黙する。『種子と破片』はぼくの二冊目の詩集で、その中にある詩行が織り込まれている。一九三九年生まれの長田弘はたぶん高校時代にこの詩集を読んでいて、その後とつぜん詩と絶縁するごとく消えたぼくをまるで悼むかのように、「死んだ兵士の口もとの微笑を」見つめてくれたのだろうか。今になればぼくだって信じられない。

長田の詩は後半さらにぼくを羞恥に追いつめる。

遠い記憶のなかを

ふりしきる激しい雨のグラインダーが
　ぼくたちの都市を　今日
　菫いろの憂欝なミートに変えてゆく、
魂のうえ、くらがりのシティ・ブルースの内部をぬけて
ぼくの帰りをまっている女のもとへ急ぎながら、
　死のコピーライターたちに抗って詩を書き
絶えずぼくは、あなたのことをかんがえる。
しずかなあなたの眼差しは、しずかな
　　あなたの沈黙する糾弾。
　　　「可愛いおまえ、
そとはひどい吹降りだよ
　通りすがりのバアへとびこんで
　　ジンをひとくちやりたいが、
どうだ、ゆるしてくれるかい？」

そしてゆるさない誰れも、そこにいはしなかったのだ
　ふいに口をつぐむと、それっきりあなたは
さようならもいわずに、暗いどしゃぶりのなかへ
すべての秋のそとへ　むしろうなだれて出ていった
　　こころのダスターシュートを
　垂直に堕ちつづけている淋しい時の断片を
　汚れたレインコートのようにそこに置き忘れたまま。
おお　あなたの詩は、それ以来いつだって
ぼくにとって感情の他動詞だ。
（……そんな詩人がいたんだなんて　いまごろまで
　いったい誰れが記憶しつづけてきただろう？）
霧の朝のミルク壜のように冷めたい孤立のほかには
やり場のない怒りすらも、動物たちの
　瞳孔に映るあわれみの意味にしか組織できなかった
たぶん　ぼくたちの経験が所有したたったひとりの
「やさしさ」の過激なオルガナイザー、

純潔な兄貴よ、
　あなたは時代の透明な私生児だった
　　あなたの敗北はいつでもぼくの複雑な正義だ、
平林敏彦よ、
あなたはいま何を凝視めているか
　　　それとも黙ってうつむいているのか
なぜ詩を書かないのか

この詩には当時の若者たちが共有していた時代感情というべきものが、うらさびしく美しく、濃厚に溢れている。固有名詞で呼びかけられた糾問のようなこの詩を読むまで、ぼくは長田弘の名こそ知っていたが、一度として彼に会ったことはなく、たがいに触れる文章なども書いたことがない。したがって彼の胸中は忖度するしかなかったが、その後もひさしく接触する機会がないままに過ぎた。ともあれ一九六七年八月発行の長田弘評論集『探究としての詩』（晶文社）冒頭にこの詩は組まれ、奥付で彼は当時二十八歳だったとわかる。見返しには著者の署名があるから本人が寄贈してくれたのだろうが、ぼくは気恥ずかしさで居たたまれず、たぶん返事も書かなかった非礼を詫びるしかない。

その頃、ぼくはどこに住んでいたのか。自慢じゃないが定職なしの貧乏ゆえに、戦後二十回以上は引っ越ししているから、何かしらぼくに用事があっても追い詰めるのは大変だったらしい。だが転々したおかげで蔵書などありようもなく、その上、いまや死も近いからぼくの書棚は寥々たるものになったが、『探究としての詩』とともにもう一冊、各地を引きずってきた本がある。これも持ってる人は数少ないだろうが『わが愛する詩』（一九六八年　思潮社）という詩とエッセイのアンソロジーだ。すなわち当時最前線の詩人たち、鮎川信夫、黒田三郎、中桐雅夫、飯島耕一、岩田宏らがそれぞれに古今東西、自分の好きな詩を挙げて論じた単行本だが、たしか高見順賞を取って間もない三木卓がぼくの詩集『種子と破片』から「ひもじい日日」という詩を選んでくれた。また枚数を稼ぐのかと言われそうだが、引用する（一部改稿）。

ひもじい日日

わかものたちは雨のなか

空のやぶれたすきまから
枯れ葉色の兵衣がさがつてくる
あれはわずかな携帯口糧
あれはさびた銃剣のさや
降りやまぬ長雨にうたれ
兵士の首は湯気をたてる
馬のにおいがする
ゲートルでしびれた
死人の足のにおいがする

戦争は昨日の空に浮いて
耳だれのような思いでを降らす
ねむれぬ顔の上に伏せられた鉄帽
さようなら
濡れてちいさくなつていく足のうら
車輪が巻きこんだ細い茎

わかものたちは泥のなか
かれらはつぎつぎに爪のはがれた手をあげる

ちりぢりにかれらは歩く
ゆがむ飴んぼのレールの上を
ふかいぬかるみの土堤のかげを
見知らぬ仲間とめじろおしに
貨車に押しこまれ
めざめがちな片隅の夜が明ける
飛び散るシーツ
燃えつきたチーズ
かれらはいつも空腹で
ゆきつくところを知らぬ

わかものたちは迷いこむ
人のいない部屋から部屋へ

おびえている女から女へ
かれらはさぐる
葡萄酒のある朝の食卓を
雨のないしずかなゆうぐれの町を
かれらはしばしば見ることができる
すこしばかり飲み残した酒壜の底に
息をひそめている
ひときれのじれったい空を

空はあまりに晴れていて
いとしい女たちがその下にいる
わかものたちが住んでいた
地下室の階段と二階の窓
それらはいつも湿って暗い
どうかすると女たちには
まつさおな空のなかほどに

雨にうたれて死んでいる
じぶんたちのすがたが見える

わかものたちは船のなか
すべてがかたむき
うしなわれたものだけが
船底をささえにくる
歪んだままのあかるみが
いつもかれらを怖れさせる
ひらかないキャビンの窓
遠くなる
楕円の空の
細菌の
檻のなかの
やさしい女たちの
ひもじい日日！

これはなんだという長たらしい詩だ。自分の脳にしみついている敗戦直後の飢餓感をとらえようとしたのだろうが、思い込みだけで散漫というしかない。しかしながらごく若い頃にこの詩を読んだとおぼしい三木卓は、こう書いている。「平林の詩は、まるで自分自身のためにだけ書いているように勝手でぶっきらぼうで読みづらかったが、好きで、よく読んだ。……現実と主体とのかかわり方が何か、ぼくに親近感を与えた。とくに平林の場合、どうしようもなくのめりこんでいるような感じだった」と。ありがとう。そこで図に乗るわけではないが、かって大岡信がぼくの詩について論じた文章がある。一九五〇年代に大岡とぼくはおなじ同人誌「今日」のメンバーだったから、『種子と破片』も読んでくれていたし、ぼくのいくぶんいかがわしい正体もよく知っていたはずだ。

（前略）平林敏彦は、肉体の各器官の中にとめどもなく溶解してしまうようにみえる自我を、たえまない嘔吐感に似た悪寒に悩まされつつ、思想の高みにまで引きあげ、造形しようとする。平林が多く素材を求めるのは、下町のよどんだ運河が流れるあたり、腐臭の中であらゆるものが待ちくたびれたりうなだれたりして、まるで、投げ出された臓腑のように無意味にうごめいてる世界である。平林はこれらの間を、ひどく悲しげな眼つきをして歩みつづける。ねっとりとからみつく、物のかずかずの破片、それらに嘔吐感を催しつつも、平林は立ち去ることができない。なぜなら、「今日」はまさしくそこにしかないからであり、出発するとすれば、これらの破片を、種子に変えての上のことでなければならないからだ。平林の詩集の一つは、『種子と破片』という象徴的な題名を持っている。

(『文明のなかの詩と芸術』一九六六年　思潮社)

さらに大岡はぼくの詩を引用して「これらの作品に見られる「現実感に溢れた非現実性」は戦後詩が達成した詩的技術の一到達点と言っていいだろう」と指摘してくれたが、当然のことながら暗鬱に屈折したぼくの詩のようなものに誰もが共感するとは限らない。ぼくはもともと社会の底辺を漂流してきた人間で、それなりに詩を書いているのだが、「感受性の祝祭」と呼ばれた戦後世代の大岡はいささかうんざりして、好意的に新しい出発を促してくれたのだろう。しかしぼくは『種子と破片』には特別な愛着を持っていた、にもかかわらずこの詩集を出してからほどなく、長いブランクがはじまったのはなぜだったか。つづめて考えれば下世話な事情があったにせよ、自分の詩に関してはもはやこの辺りが限界で、止めてくれるなという自堕落な気分になっていたようだ。ぼくは逃亡した、そして時は流れた。

さはさりながら奇跡は起きる。詩を書かなくなったぼくはもっぱら生活のためと言いわけをして、アヘンのような売文稼業に足を突っ込んだ。同業の一人は自虐的に「エンピツ女郎」とうそぶいていたが、求めに応じてなんでもやるという意味だ。「人間は欲望に生かされている」と言ったのはチャールズ・チャップリンだが、タダで詩を書くことに夢中になってた人間が、たいした努力をしなくてもざぶざぶ稼ぐようになったらどう変わるか。なべてこの世は虚しくなり、尾羽うち枯らしたぼくが静岡県熱海のはずれの山の上の小屋に閉じこもっていた頃、奇妙な人物がどこで住所を調べたか「ぜひ会いたい」と電話をかけてきた。一九八七年の夏だった。自分は決して怪しい者ではない。職業は学習塾経営で、大阪に住んでいる。年齢は四十代、下手くそな詩を書いています。実は学生時代に長田弘さんの本で平林さんに宛てた長い詩を読んで感動してから、ずっと気になっていたが、二、三日うちに熱海へ行くので訪問してもいいかどうか、お話したいことがある（以上当然ながら大阪弁）と言わはる。おどろいたが、こういう人もいるのか、しかし用事とはなんだろう。脇腹をつつかれたような感じだったが、会うだけ会ってみることにした。

わが山小屋は海を見晴らす絶景にあったが、辺りにキツネやタヌキが跋扈する環境で下の町から急坂を這い上がって来なくてはならない。だが電話の主はもう地図で調べたから大丈夫だと言う。約束通り三、四日後ににこやかな笑顔でやって来た。キツネに摘まれたとはこういうことか、太田充広と名乗った大阪の詩人は、ああ、ほんまに会えてよかった、夢がかなった、いきなり失礼だとは思うが平林さんの新しい詩集をぼくに出させてくれまいか、今なら多少の経済的余裕があるのでと言ったが、よろしおますというわけにはいかない。気持ちはうれしいがまだ会ったばかりだし、詩が書けるかどうかもわからないから、いずれまたと固く辞退した。ところが間隔を置いて二度三度と、懲りずにあらわれる。その頃、仕事の面でも比較的自由な立場にいたらしい彼は、熱海にある会員制温泉ホテルのメンバーだったから、しまいには湯に浸りながらの話し合いになった。貧乏のおかげですっかりヒマだったぼくは、初対面から半年以上たってやっと彼の軍門に降った。

太田は六〇年代の終りに大阪で知らぬ者はない詩人東淵修と出会い、彼が発行する詩誌「銀河詩手帖」の編集に参加しながら詩を書き、太田自身も同人誌「火の鳥」を出していた。個人詩集も『牛頭の海』（一九七三）ほか三冊あったことをぼくが知らなかったのは長い空白があったからだ。だが、「うたを忘れたカナリア？」だったぼくが、詩集になる量をおいそれと書けるのか、書けるとしても質が問われる。それを承知で骰子一擲、ひらき直ったぼくはこの際、『種子と破片』以後未刊になっていた詩と、三十年後にぬけぬけと書いた新作を比較対照的に並べることにした。たしかに嫌な予感もあったが、熱がさめないうちにとまとめあげた詩集の原稿を昔の仲間ではなく、事態の発火点をつくってくれた長田弘に見せて何か書いてもらったらどうかと提案したのは太田だった。それならとぼくは装幀家としても定評がある詩人の吉岡実に、本のデザインを頼もうと調子づいた。まだ若い頃ぼくは飲み屋のツケを払うために吉岡によく金を借りたことがある。にもかかわらず吉岡も長田も承知してくれたのは僥倖だったが、普通ならこんな話は成立しないだろう。

詩集の題名は瓢箪から駒の時期を明示するために『水辺の光　一九八七年冬』（一九八八年刊）と決めた。発行人は太田充広、発行所は彼が主宰する同人誌の名をとった火の鳥社。ではことの成りゆきで恥じらいもなく、新作として書いた詩の中の一篇を引用する（一部改稿）。

気がつくと
にわかに鳥の視点で
見馴れた海辺の町を俯瞰していた
軒なみ屋根がまくれ
吹き上げられた人間が
旋回しながらつぎつぎに堕ちていく
いったい何の予告なのか
飛散する叫びは微粒子になってきらめき
得体の知れぬ力が
総毛立つぼくをつかのまに失速させた

蔦に巻かれた山小屋で
一匹の甲虫になったぼくは
地を這いながら餌をあさり
宙を舞うゴヤの魔女を飽かずながめて

ひとり暮らした
西北にせり上がる海が見え
月は夜ごとさざ波を銀板にかがやかせた
明け方まで鉛筆を削る異形の生きものが
いつか胸の空洞に棲みついていた

ささくれた風が戸を鳴らす冬
不意に投げ込まれたハンマーが
窓という窓に釘を打ち込み
毒をはかる薄い皿をみじんに砕く
沖に出た烏賊釣り舟のカンテラ
夏の死に降る蟬しぐれ
他人ばかりになった町へ還るまで
どれほどの歳月が過ぎたか

もう老いさらばえた魔女や

バイクで天へ駆け上がる子どもらも消え
かつて鳥の目で見た町なみは
すっかり顔つきを変えてしまった
何がぼくを遠くへ連れ去ったのか
橋桁にひそんでいた敵意が
耳をそぎ　咽喉をえぐる
血の中でこそ希望を語れ

あるいは盲いたまま
ぼくはだれをくびり殺したか
その罪によって息の根を止められたか
水は錆びて濁り
蛇口から曲がってしたたる
重い眠りをかいくぐり
薄ら明りの路上をさまよって
涙などうかべるな

撃たれた羽根をひるがえし
不敵なるもの　町の空を翔べ

かつて「なぜ詩を書かないのか」とぼくに問いかけた長田弘がそれから二十年後、この詩集を読んでどのようなプロローグを寄せてくれたか。その瞬間の複雑な感情を言葉にすることはむずかしい。四頁にわたる文章の一部分を紹介させてもらおう。当事者が言うのはおかしいかも知れないが、詩人ならではの明晰な文章だと思う。

詩は、親展として誌されるべき言葉である。かつて廃墟の春に、そうおもいさだめて、詩を日々に書きつづけた詩人がいた。（中略）そして、手紙としての詩をこころを込めて書き、書きつづけたあげくに、詩人は、アドレスがでたらめだ、宛先に誰もいない、と書きのこし、突然、詩を書くことをふっつりとやめた。詩人が詩を書くことをやめたのは、エルヴィス・プレスリーの「差出人に返送のこと（Return to sender）」という歌が、世間を賑わせていたときだ。

二十世紀において、手紙の言葉は、戦争の経験と切りはなすことができない。

戦争の経験は、あらゆる言葉を信じられないものとしたが、ただ手紙の言葉だけは、一人一人の生きようをつたえうる、唯一のまともな言葉として遺したからだ。手紙の言葉を切実な独自の言葉に、一人一人にとっての紙碑の言葉としたのが、戦争だった。手紙という文化が戦後になってやがておとろえていったとき、人と人のあいだにいつかおとろえてしまったのは、そうした一人一人のいま、ここの生きように直接かかわるものとしての言葉だ。

平林敏彦の『水辺の光　一九八七年冬』は、このもうすでにわすれられようとしている手紙の言葉を、あらためて想起させる詩集だ。その詩集は、手紙として書かれている。『水辺の光　一九八七年冬』は、かつて手紙としての詩をこころを込めて書き、ついに宛先をみつけられず、みずから詩を思い切った詩人が、それから三十年（!）のあいだまもった孤独な沈黙のあとに、はじめてじぶんの手紙の本当の宛先をみいだして、ふたたび「一本の鉛筆を削って」、こころを削ってしたためた新しい手紙の束だ。

タイトルは簡潔に「Letters」。差出人も受取人もはっきりしない乱脈な言葉らしいものが飛びかう時代に、あくまで親展として一人が一人に差しだす言葉によって書かれた詩集だと長田弘は言う。もちろんそのまま受け取る勇気も自信もないが、ぼくはうれしかった。長田が「秋の理由」という詩の中に書いていた「霧の朝のミルク壜のように冷めたい孤立」も、「垂直に堕ちつづけている淋しい詩の断片」も、すでに他人の空?でしかなかった。にわかによみがえった「なぜ書かないのか」という問いにこたえて、ぼくはようやく見つけた手紙の宛先のほうへゆっくりと歩き出した。

一九八八年六月、毎日新聞学芸欄にかなりのスペースで詩集刊行のインタビュー記事が掲載され、ささやかな出版記念会が東京・六本木のマリリンだかモンローだか忘れたが、ゲイ・レストランバーで開かれることになった。日は暮れてわかものたちは雨のなか、銀色の雨が初夏の舗道をぬらしていた。さて、だれがぼくを励ましに来てくれるのか、不安と期待がからみ合いながら、会はバッハの無伴奏ヴァイオリンソナタの生演奏ではじまった。

今になってスピーチに立ってくれた詩人の顔を思い出そうとすると、ぼくも死の領域に入ったことを否定しえない。すでに山本太郎、安西均、浜田知章、扇谷義男、山田今次、中島可一郎、新井豊美などが他界している。ほかに岩田宏、長谷川龍生、入沢康夫、三浦雅士、小田久郎らがそれぞれの感想を語り、中村真一郎、大岡信、飯島耕一は「やむない事情で出席できないが、当日誰かに代読してもらえるように」と長文のメッセージを寄せてくれた。そして、それまで会ったことがない長田弘も姿を見せ、ぼくたちは型通りの挨拶などかわさなかったが「やっと会えたね」と、無言でうなずき合った。なんだか不思議な関係だが、彼が堕落の淵に沈んでいたぼくにふたたび詩を書かせるきっかけをつくってくれたのは事実だ。で、たまたま「秋の理由」という長田の詩を読んだ太田充広が身銭を切ってぼくの詩集を作ってくれたのも、ちょっと信じがたい事件だった。それなのにぼくは、もうやめておこう、この辺で予定の枚数を書き終えた。ぼくが生きてるうちに続きが書ける確率はかなり低いだろう。

さて「空想カフェ」のオーナーは「なんでもいいから好き放題書いてよ」と気前のいいことを言ったが、それを真に受けたぼくの長たらしい悪文に彼女は閉口したかもしれない。だがこの部分の経緯を今までまったく書けなかったぼくにとっては、あってもなくてもいい冥土の土産になるだろう。

堀内みちこさんは五年前に出した詩集『小鳥さえ止まりに来ない』(思潮社)の中で、時の流れをさらっと書いている。

風呂屋が消えた
煙突も消えた
赤い〈ゆ〉の字ののれんも消えた

さよう、人間も消える。ぼくは一九二四年生まれの不良少年だ。

居住地転々

日頃、ぼくのような者のところへもかなりの数の詩集が送られてくる。多くは未知の人からで、日の目を見てほしいと胸が熱くなるが、詩を書くことはあくまでスピリチュアルな行為だから、詩集が出るというだけで僥倖なのかも知れない。ぼくにもこれまで十冊ほどの詩集があって、どの一冊にも愛着は感じるが、生来の放浪癖ゆえか詩集が発行された時点の居住地はその都度ちがう。いささか感傷的な言い方をすれば、詩もぼくとともに漂泊の旅をして来たのだ。

第一詩集『廃墟』の発行日は一九五一年八月三十一日。ぼくは戦災で焼野原になった生地の横浜で、在米貿易商社の横浜事務所開設準備室なるものに勤務していた。敗戦の翌年からしばらく東京で新聞、雑誌記者を経験したが、出版社の倒産で失職。堅い、実な人生を望む母親に口説かれてやむなく不向きな職に就いたものの、しょせん仕事は上の空。沸騰する戦後詩の坩堝に没入していた頃、思いがけなく中村真一郎氏の紹介で書肆ユリイカから詩集が出せる幸運に恵まれた。創業直後のユリイカはまだ伊達得夫の自宅に看板を出し、詩集の出版を五〇年に開始する。那珂太郎『ETUDES』、中村真一郎『詩集』に次いでぼくの『廃墟』が世に出た。まさに青天の霹靂だが、伊達のアイデアによるシンプルなデザインが（ぼくが言うのはおかしいが）実にキュートなのだ。小ぶりな本でほぼ正方形の表紙に、天地タレつきのジャケット。本文九十頁で定価二百円。勤務先の事務所の二階を寝ぐらにしていたぼくはうれしさのあまり、同人誌の仲間たちに深夜まで興奮の電話をかけまくった。詩集の内容については、三浦雅士が「『廃墟』はその喪失によって、その不幸によって光り輝いている。詩人はこの道を進むほかない。すなわち抽象に血を通わせて語り合わせるという道をである」と評したが、ぼくの詩のモチーフはその頃からずっと「死の影」を胚胎していたのではないだろうか。

さて、ぼくにとって特別な意味がある第二詩集『種子と破片』（一九五四年十月、書肆ユリイカ）は、それまでの勤務先がある事情で閉鎖され、再度東京へ移住後に集中して書いた作品四十四篇で編んだ。外国のカメラマンが戦災地で撮影した松葉杖の少年の写真を貼り込んだ函入り、表紙はクロース装で二百四十頁、当時としては持ち重りする豪華本で話題をさらった。その年度「個人詩集で最良の効果を持っていたのは平林敏彦の『種子と破片』で、装幀造本ともに優れたものだ」（長谷川郁夫『われ発見せり』「新潮」一九八六年二月号初出）と賞揚されている。私生活では、横浜から転居した新宿区大京町の借家の家主がなんと日本共産党の領袖の実弟で、毎月晦日ぎりぎりに家賃を持って行くぼくの心境は複雑だった。詩集の製作費は小遣いをやりくりしてなんとかしたが、その後はしがない売文で食いつなぐ生活で、収入がまったく安定しないまま、目白、中落合、西荻窪、小石川、駒込、代々木など都内の借家やアパートを転々とする。だが、ぼくが企画した季刊詩誌「今日」の創刊も『種子と破片』と同じ五四年で、あの頃がぼくの生涯でもっとも昂揚していた時代だったかもしれない。この詩集のジャケットには、戦後ぼくがひさしく私淑した金子光晴の推薦文が載っているが、「今日」の仲間辻井喬は「金子光晴が言うように『生きたままの表現』と喩の使用とが平仄を合わせている美しさを獲得しているし、それはなんと禁欲的な哀しみに彩られていることだろう」（『平林敏彦詩集』解説）と書いている。それから第三詩集が出るまでの長い歳月を詳しく説明する余裕がないが、サマセット・モームは言った「軌道の上を走る車に乗る者に人生はわからない」。自縄自縛の惰性的生活に見切をつけたぼくは目一杯の借金もして、静岡県熱海の山の斜面、海抜二百米、海一望の地点に遊びっ気たっぷりな三階建てハウス（詩人で建築家の渡辺武信氏設計）を造ったが、そこでうかうか日を送るうち運命は意外な展開をもたらした。八七年夏、ぼくの沈黙を嘆いて長田弘が書いた詩（評論集『探究としての詩』一九六七年晶文社所載）を大学時代に読んだという関西在住の若い詩人太田充広が突然来訪して「平林さんの新しい詩集をぜひ私が出したい」と言う。面喰ったが何回も来てくれて、その情熱にゆさぶられた。実を言えば、ぼくも詩を忘れたようなふりをしながら（？）『種子と破片』以後に書いた詩の原稿を机の引出しの奥に隠し持っていたのだ。やることすべて行き当たりばったり、眺望絶佳の家は二年足らずで処分し、また横浜山手町の2Kアパートに引越してぼくは詩の世界にカムバックした。

第三詩集『水辺の光　一九八七年冬』は一九八八年六月一日火の鳥社刊、発行人太田充広。装幀吉岡実、前書長田弘、本文百二十頁。内容は（A）新作二十九篇と（B）五〇年代に書いた未発表の詩八篇から成る。長田は「Letters」という前書の中に「二十世紀において、手紙の言葉は、戦争の経験と切りはなすことができない。戦争の経験は、あらゆる言葉を信じられないものとしたが、ただ手紙の言葉だけは、一人一人の生きようをつたえうる、唯一のまともな言葉として遺したからだ。（略）その詩集は、手紙として書かれている」と記している。長い空白をはさんで平林敏彦の詩は変わったか。その夏、六本木のバイセクシュアル・カフェで開かれた出版記念会で、かつて「今日」のメンバーだった皮肉屋の岩田宏はこんな意味のスピーチをした。「AとBは地続きで全然変わってないよ。百年単位くらいの空白じゃないとね」。その夜同席した安西均、山本太郎、清岡卓行、新井豊美らはすでに鬼籍の人となったが……。

　ぼくの机上にはあと七冊の詩集があるが、紙幅が尽きたのでその題名、発行年次、体裁、出版時点の住所などを列記すると『環の光景』九〇年十月、思潮社刊、大判百二十八頁、横浜市金沢区。『礫刑の夏』九三年八月、同上、百十二頁、長野県北安曇郡松川村。『Luna^2』（詩画集）九五年七月、青猫座刊、四十六頁、同上。『月あかりの村で』九八年八月、同上、九十六頁、非売品、長野県大町市。『舟歌』〇四年十月、思潮社刊、八十二頁、静岡県伊東市。『遠き海からの光』一〇年七月、同上、八十四頁、横浜市南区。『ツィゴイネルワイゼンの水邊』一四年七月、同上、九十六頁、横浜市泉区。

　居住地転々、戦後、二十数回、ただ呆然とするばかり。思えば今に至るまで旅の途上でぼくの詩の通奏低音になっていたのは「死者との対話」だったような気がする。

詩人群像

「蒼ざめた vie の犬を見てしまった」君へ

田村隆一から三好豊一郎への書信（一九四六年）

戦後七十年、「荒地」というグループの呼び名も遥かに遠くなった感じだが、「荒地」によって戦後詩の時代が始まり、それ以後の詩に少なからぬ影響を及ぼしたことは誰も否定できないだろう。その理由は「荒地」の若い詩人達、ひとりひとりが際立った個性の持主で、彼らに共通する戦争体験の内面化による時代状況との相剋や、崩壊した文明に対する批判、あるいは形骸化したモダニズムの克服など、いわば詩人の存在証明となる運動によって、このグループが新しい現代詩の地平を切り拓いたことによる。しかし、今では「荒地」の主要メンバーだった詩人のほとんどが他界し、有力な論客による「荒地」論も出尽くした感がある。さらに詩の世界でも世代交代が進行すれば、やがては「詩史の中だけの荒地」になることも止むを得ないだろう。むろんその後も「荒地」を回想する人々のノスタルジーとして、さまざまなことが書かれるのは自由だが、本稿もそのひとつだと思ってほしい。何を今さらという声が聞こえそうだが、「荒地」とほぼ同世代のぼくに残された時間は少ない。読者は今から七十年前の敗戦直後、「荒地」グループがまだ自分たちの拠点となる詩誌を持っていなかった頃、田村隆一が病気療養中の三好豊一郎宛てに書いたエッセー「手紙」の全文を読むことによって、感動的な魂のふれあいとも言うべき二人の詩人の友情と、かれらの詩的認識のありようを知るだろう。それはぼくの切なる願いでもあった。

この前文に続く別掲の「手紙　一九四六年早春　田村隆一」は、ぼくの編集で一九四六年三月に創刊された詩誌「新詩派」の二冊目となる同年六月号に発表したものである。戦時中、陸軍の最下級兵士だったぼくは敗戦によって生地の横浜に復員したが、市街地の九十パーセントは焦土と化して、ぼくの家も焼失していた。しかし旧制中学の途中から詩らしいものを書きはじめ、もし生きて還れたら何が何でも詩誌を出したかったぼくは、少数の仲間に呼びかけてごく粗末な体裁の「新詩派」をつくりあげたが、より充実した内容を目指すためにはどうすべきか、今思えば無謀だったが、ぼくの脳裡にひらめいたのは田村隆一の存在だった。なぜ田村を知っていたのか、彼は戦時中から中桐雅夫編集の「Le Bal」や「新領土」に詩を発表していたが、もう一誌の「文芸汎論」にはぼくも未熟な詩を投稿していたので、憧れに近い親しみを感じていた。

直接的には日米が開戦した四一年の後半、ぼくが都内大塚にあった田村の下宿を訪ねたことが『田村隆一全詩集』（思潮社）の年譜に載っている（この件については、これまで拙著『戦中戦後　詩的時代の証言　1935-1955』や、その他のエッセーでも何度か書いた）。ぼくはその初対面で「これがホンモノの詩人だ！」と感動したのだが、戦後に再会した田村は「ぼくたちのグループが詩誌を出すのはまだ先のことだから」と、「荒地」の仲間うちの鮎川信夫と三好豊一郎を誘って「新詩派」に参加してくれたのだ。

今でも田村が初めての原稿を手渡してくれたときのうれしさが忘れられない。戦時中の学徒動員で海軍へ入隊した彼は北陸舞鶴の駐屯地で終戦を迎えたが、階級は噴進砲中隊付の大尉で復員後も長身に紺のコートがよく似合った。それにひきかえよれよれ兵隊服のぼくはまぶしくて目がくらんだが、新橋界隈の小さな居酒屋で田村にもらった原稿の「手紙」は四百字詰用紙で十三枚、末尾に「四月四日」の日付がある。とりわけぼくが感激したのは、冒頭に三好豊一郎の詩「囚人」が置かれていたことだ。田村は「手紙」の文中に「去年の秋、無言で君が送ってきた「囚人」を讀んで、僕は詩を創作《つく》ることに、憎悪に似た困難を覚える」と君に手紙を書いた（略）「憎悪に似た困難」とは、實に「囚人」を支へつくす君の精神と肉體との一元性にあるのではないか」と書いている。さらに田村は、三好がこの詩を書くことによって「不眠の蒼ざめたvieの犬」を実証的に見てしまったことに注目し、以前にも増して「不眠の夜に襲われるのではないか」と心痛しているが、のちに「囚人」は時代の重圧に抗うすぐれた形而上詩として戦後詩の典型に位置づけられた。ちなみに「囚人」の草稿が書かれたのは戦争末期と推測されるが、決定稿が活字になったのは田村のエッセー「手紙」が最初だった。

当時、田村は二十二歳になったばかり、三好は三歳年上だが、戦時中もかれらにブランクなどなかったことは特筆すべきだろう。若年にしてよく飲み、遊びも知っていたといわれるが、先行の著名なモダニズム詩人でさえ戦争迎合に傾いた時代に「荒地」グループは西欧の文芸思潮に接近し、ヴァレリーやリルケ、オーデン、ボードレール、エリオット、カフカなどに傾倒して新しい詩の時代に備えていた。そして「新詩派」がやむない事情で休刊に至るまで、計三冊にわたって寄稿してくれたが、田村の詩「紙上不眠」や三好の「壁」、鮎川の「耐へがたい二重」「トルソについて」などは、いずれもかれらが敗戦前から構想して、戦後最初に発表した作品だと思われる。

いま、ぼくが残念に思うのは当時田村のエッセー「手紙」を読んで、記憶している読者がほとんどいないのではないか、ということだ。病気療養中の三好に宛てた手紙の形にはなっているが、ここには詩人にとって肝要な「精神と肉体の一元化」ということ、まず「実証的に物を見る」ということ、さらには田村自身にとって「忍耐」が重要な詩論になっていることなどが、詩人の感性と思想によって綿密に書かれている。七十年前、リーフレットも同然の詩誌「新詩派」に印刷され、恐らく百部ほどが極少数の読者の目にふれただけだろうが、これまで部分的な引用はあっても数多い著作物、雑誌の類にこのエッセー全文が復刻された前例はなく、そういう話はどこからもぼくの耳に入っていない。それだけにいま長年の願いが叶ったことに深い感慨をおぼえている。

復刻

手紙　一九四六年早春　田村隆一

——人は自分以外のものを驚かさうと企ててはならない。ヴァレリイ

囚人　三好豊一郎

真夜中　眼ざめると誰もゐない——
犬は驚いて吠えはじめる　不意に
すべての睡眠の高さに躍びあがらうと
すべての耳はベッドの中にある
ベッドは雲の中にある

孤獨におびえて狂奔する齒
とびあがつてはすべり落ちる絶望の聲
そのたびに私はベッドから少しづつずり落ちる

私の眼は壁にうがたれた双ツの孔
夢は机の上で燐光のやうに凍つてゐる
天には赤く燃える星
地には悲しげに吠える犬
(どこからか　かすかに還つてくる木霊)

私はその秘密を知つてゐる
私の心臓の牢屋にも閉ぢこめられた一匹の犬が吠えてゐる
不眠の蒼ざめた vie の犬が。

*

三好豊一郎へ

君の身體の具合はどうか……日毎、君の「囚人」といふ詩を想ふにつけ、どうか無理をしないやうに、少しでも良くなつてくれるやうにと、僕は念じるより術はない。いはば君の詩に關する批評とは、君の肉體に示す僕の關心なのだ。君の肉體とは、僕にとつてかけがへのない精神だ。精神の純潔とは、君には唯一の肉體の病理學だから、精神への絶えざる努力とは、君にとつて肉體に刻む痕跡だから……君は熱の目盛を讀むやうに精神の波動数を瞶めるだらう。さうして、精神の勾配に抵抗を感得するやうに君は肉體といふ微妙にして精緻なシステムの裡に生の成形を見てしまふ……

精神と肉體とを一元的に要約して、君にとつて唯一の場(それは君の自我だ)

に集中すること、即ち無償の作業によつて、詩といふ無用にして命とりの生きものを彫琢し、君から vie の犬を産み出さねばならぬ仕事、そして更に君が犬を見てしまつたといふ事實が、犬の實證を君に要求する體の強ひられた仕事に、僕は衝きあたるのだ。これは随分不幸なことに相違ない。他人を愕かす爲に、表現に憂身をやつす世の幸福な詩人たちにくらべたら。……だが恐らく君の不幸が終る時は、詩といふ馬鹿気た代物に君は訣別するがいい。宿命といふ現代人に苦手な言葉は、さういふ逆説的な事態を鮮明に證明する爲にこの世に在るやうだ。

＊

「僕はまづここで見ることから學んでゆくつもりだ。何のせゐか知らぬが、すべてのものが僕のこころの底に深くしづんでゆく。」これはリルケの「マルテの手記」の一節だ。マルテが見ることを學ばねばならぬ不幸な秘密に僕が躓く迄には、丁度君がカフカを熟讀して以来、「囚人」を書くに要した同じ時間だけ僕には必要だつたらしい。「秘密に躓く」と僕は書いたが、秘密を解明したとは決して言はぬ。解かれた秘密に何の意味があらう。秘密はマルテの魂であり、詩人といふ極めて曖昧な生きものの存在を實證する唯一の制作原理ではないか。秘密を解明しようと試みた杜撰な智慧が多数の詩人たちに見ることを學ばせなかつたのだと僕は想ふ。彼らは雑多な詩作理論を心得たかはりに、唯一の制作原理を持たなかつたのだ。つまり彼等にとつて詩は詩作理論の論證されたものに過ぎず、詩を制作するといふ事が実證を強いられた不幸な仕事ではなかつたのだ、と僕は考える。さふいふ幸福な人たちは次の「マルテの手記」の一節に、世の偉大な精神たちが常に背負はねばならぬ偏見を、これも又過大に背負はされてしまつた「リルケ」といふリリカルな表現形式だけを見て、ものを見ることを學ばねばならぬ強靭なリアリストの怪物じみた眼を見失つてしまふ。

「しかし、あのときの女。あの老婆はまるで身體を二つに折つたやうに腰をまげて歩いてゐた。（略）僕はその老婆をみると、跫音をしのばせて歩きはじめた。（略）ところが、町はひつそりしてゐる。ものしづかに飽き飽きしていたらしい舗道は僕の跫音を竊みとつて、つひ退屈さのあまり木靴のやうにからからと打ちならしてしまつたのだ。老婆は驚いて上半身をおこした。あまり素早いあまり急激な身體のおこしやうだつたので、老婆の顔は両手のなかに殘つてしまつた。僕は老婆の手の中に残された鋳型のやうな凹んだ顔をみたのである。」これはもう新奇な表現、独創的な方法を試みるといふやうな文學上の問題ではなからう。或は通俗的なロマンチスムがさういう假象を求めたのでもあるまい。僕は信じるよ、事實ああいふ事がひつそりした町で起つてしまつたのだと、老婆の掌の中に本当に凹んだ顔をマルテは見てしまつたのだと。マルテは在りさうに見たのでもなければ、表現したのでもない。見ることを學ばねばならぬ不幸な人の眼を逆に事實が捕へたのだ。虚妄だと君は言ふまい。リルケの文體の獨特な美しさは「美しい文體をつくる」といふ架空の觀念に在るのではなく、見てしまつたものを見事に實證した結果に在る。實證されたゆえにリルケの文章があぁまで独特な美しさを持つたのだといふ事、これはロマンチストにはなかなか理解されないな。表現といふ詩人の命がけの問題も實證することを離れて何の意味があるか。「他人を愕かす爲に」とロマンチストは呟く。リルケの文學上の位置に於ける特異性について語つたり、リルケの比類ない表現を讃美することは容易だが、極めて少数の不幸な人を除いて、大多数の幸福な詩人たちが見なかつたものをリルケが見てしまつたといふこと――僕はさういふ強靭な「詩人の眼」について率直に愕かされるのだ。日本に於ける、西欧から移入された近代詩の運動は、ボードレールの眼を、マラルメの眼を見ないで、西欧詩人達の比類ない秘教的な表現に愕かされた結果に過ぎなかつたのではないか。佛蘭西のサンボリストと一括して呼ばれた詩人たちが、絶對的な世界を如何にして確實に現出せしめることが可能であるか、そしてそれを如何に實證するかといふ命題を試みる為の言語の純粋化も、日本にきては、曖昧模糊とした言語の幻覚性、表現の神秘性といふまるつきりやくざな代物に解釋されてしまつたのも「詩人の眼」を見遁した所以だと僕は惟ふ。

それ以後の日本に於けるモダニズムの運動も強靭な「詩人の眼」を追放して、ロンドンタイムズを抱へて銀座を歩いてゐる弱貧のインテリゲンチャーの眼玉、岩波文庫を讀むやうに人間性の危機を咥へた眼玉、花ならばすべて青い花に見えるロマンチック病の眼玉、シャボン玉のような純粋性を見なければ文化的とは申されぬ眼玉を嵌込んだ迄のことだ。僕も一生懸命そんな眼玉を顔につけて、歩き方の練習をやつてみたが、所詮ガラス玉はガラス玉で、他愛なくvieの犬に喰はれてしまつたらしい。

石を投げれば、きまつて何処からか音が還つてくるやうに、「詩人の眼」で一度見られてしまつた諸事象は、必ず僕らの内奥に還つてくる。僕らの内奥には、絶えず痕跡を刻むもう一人の詩人が棲んでゐるからだ。僕らが彼を「批評」とも、「認識」とも呼ぶのは勝手だが、僕らが生きてゐる限り彼は絶え間なく痕跡を忠實に刻むまでだ。リルケは彼の仕事を「マルテの手記」にしてしまつた。リルケは言ふ「僕は「マルテの手記」といふ小説を凹型の鋳型か寫眞のネガティヴだと考へてゐる。かなしみや絶望や痛ましい想念などがここでは一つ一つ深い窪みや線條をなしてゐるのだ。」と。「荒地」も文化の形成も社會秩序の根底をなす人間の意識も様々の思想も、それらは僕らの外部に石くれのやうに轉がつてはゐなからう。「詩人の眼」で購めるとは石を投げて還つてくる音を待つこと、さういふ時間を耐えることだ。「詩人の眼」はさうだ、「眼に見える一切のものよりはほんの少し大きい」テスト氏の眼に酷似してゐる。

＊

去年の秋、無言で君が送つてきた「囚人」を讀んで、「僕は詩を創《つく》ることに、憎悪に似た困難を覚える」と君に手紙を書いたことがあつたな。君は覚えてゐるかしら君の眞摯性とは――つまり僕が「囚人」を讀んで、これでは、もう僕に詩は容易につくれぬと観じた「憎悪に似た困難」とは、實に「囚人」を支へつくす君の精神と肉體との一元性にあるのではないか。大多數の幸福な「見ないで濟む」詩人たちの作品は、「精神」といふ抽象的な世界に立つか、或は「肉體」といふ極めて生理的な世界を地盤に持つてゐるかに過ぎない。前者を理知的な詩人と呼び、後者を抒情的な詩人といふ、なんといふ無邪気な考へ方だらう。

僕は納得しない。精神とは、いはば肉體の象徴的な存在——即ち一層純化された生きものだし、肉體とはその生きものの抵抗を敏感に表象せずには措かぬ實體だから、肉體と精神とを哲學者流に對立せしめたところで、認識といふ怪物から僕らは救はれまいし、やはり君は vie の犬を實證する為に、無償の作業を続けなければならぬのだ。もし肉體を精神の一システムと観じなかつたら、もし精神を肉體の純化されたものと信じなかつたら、「生身を削るのが僕の仕事さ」といふテスト氏の鈍い聲も世間一般の感傷に過ぎぬ。僕は vie の犬をまざまざと見た。犬は確實に呼吸して生きてゐる。この粗雑な僕の感想文に、犬を見た僕の異様な愕きを君は見てくれるかどうか……「マルテの手記」はリルケの唯一の小説といふよりも、唯一の詩論だと僕は想ふやうになつた。ここに見事なリルケの一節がある。ここに在るものは、僕らが「vie の犬」を産み出さねばならぬ制作過程の一切なのだ。

「僕は詩をいくつか書いた。しかし年少にして詩を書くほど、およそ無意味なことはない。詩はいつまでも根気よく待たねばならぬのだ。人は一生かかつて、しかも出来れば七十年或いは八十年かかつて、まづ蜂のやうに蜜と意味とをあつめねばならぬ。さうしてやつと最後に、おそらくわづか十行の立派な詩が書けるだらう。詩は人の考へるやうに感情ではない。詩がもし感情だつたら年少にしてすでにありあまる程持つてゐなければならぬ。

詩はほんとうは経験なのだ。一行の詩のためには、あまたの都市、あまたの人人、あまたの書物をみなければならぬ。（略）それらをみな詩人はおもひめぐらすことが出来なければならぬ。いやただすべてをおもひ出すだけなら、實はまだ大したことではないのだ。一夜一夜がすこしまへの夜には似ない夜ごとの閨のいとなみ。産婦のさけぶ叫び。白衣のなかにぐつたりと眠りにおちて、ひたすら肉體の恢復をまつてゐる産後の女。詩人はそれをおもひでに持たねばならぬ。（略）しかもかうした追憶をもつだけなら、まだ一向何のたしにもなりはせぬ。追憶がおほくなれば、つぎにそれを忘却することが出来ねばならぬだらう。そしてふたたび思ひ出がかへるのを待つおほきな忍耐がいるのだ。想ひ出だけでは何のたしにもならぬ。追憶が僕らの血となり、眼となり、表情となり、名まへのわからぬものとなり、もはや僕ら自身と區別することが出来なくなつて、初めて、ふとした偶然に、一篇の詩の最初の言葉はそれら想ひ出のかげからぽつかり生れて来るのだ。」

君は石を投げた。音が再び君の内奥に還つてくる迄、想へば随分長い切ない時間だつた。君はその時間を耐へなければいけない。(忍耐とは僕にとつて、重要な詩論の一章なのだ)。音が還つてくる。「どこからか、かすかに還つてくる木霊、私はその秘密を知つてゐる」。君の内奥で犬が吠えはじめる。突然第二の現實が君の眼前にはじめて現はれる……。いまや、第二の現實を見ることが出来るのは君の「詩人の眼」だ。さうして、「詩人の眼」に瀆められるのは、「不眠の蒼ざめた vie の犬」だ。

……だが蒼ざめるのは犬とは限らぬ。恐らく vie の犬を見てしまつた君を以前にも増して襲つてくるものは、不眠の夜ではないか、眠られぬ生きものの夜ではないのか。……

この間Aに會つた、君の「囚人」について、彼は巧妙にエリオットの詩句を引用する。「犬をよせつけないやうにし給へ、あいつは人間の味方だから。」僕らは黙って別れた。

四月四日

六十年前の詩誌「今日」に参加した哲学者鶴見俊輔の手紙

　哲学者で詩人の鶴見俊輔さんが去る七月二十日夜、京都市内の病院で九十三歳の生涯を終えた。そのさみしさはたとえようがないが、ここでは私の個人的立場から鶴見さんとの数少ない接点と、忘れがたい記憶について書いておきたい。周知のように、年譜をみれば鶴見さんが日本を代表する思想家、哲学者であり、「思想の科学」「反安保」「ベ平連」の活動をはじめ、大衆文化にも強い影響力を及ぼし、憲法を守る「九条の会」の呼びかけ人になるなど枚挙にいとまがないが、私の知る限り「詩歴」のようなものは見当たらないような気がする。とすれば、詩人鶴見俊輔と私はいつ、どこで関わりを持ったのだろうか。

　さいわいここに恰好な資料がある。『鶴見俊輔集』八巻（一九九一年、筑摩書房）の末尾にある「著者自身による解説」の一部だが、引用してみよう。

詩を発表する機会は、戦争末期に海軍軍令部で会った中島可一郎氏にあたえられた。彼が敗戦直後に出したガリ版の雑誌に、「くわいの歌」を出すことができた。これは、戦争が終ってすぐ書いたものだ。「クワイガ　メエダシタ！」というのは、敗戦直後に汽車の中で出会った、七、八歳の女の子がじゃんけんをするのにその出だしに使う、うたうようにいう言葉だった。

現代の子は（親も？）そういうあそびをどこまで知っているか。じゃんけんぽんをするとき、手を出す前にクワイガ　メエダシタ、ハナサキャ　ヒイライタ、ハサミデ　チョンギルゾ　と唱えて勝ち負けを決める。鶴見さんはかなりの子ども好きで、新幹線の中などでも見知らぬ子どもに声をかけたりしたらしい。では戦争末期に鶴見さんは中島可一郎とどのような経緯で知り合ったのか。

まず一九四二年、日米戦争下のアメリカに留学中だった鶴見さんは、東ボストン移民局に拘留されていたが、その期間中にハーヴァード大学哲学科の卒論を提出して受理され、同年の夏、交換船浅間丸で日本に到着した。当時、満二十歳。待っていた徴兵検査で乙種合格になり、翌年海軍の通訳としてジャワ島に向かったが、胸部カリエスの悪化で二回手術を受け、日本に帰還。四五年四月から横浜、日吉の海軍軍令部に着任した頃、同じ機関にいた中島可一郎と知り合った。

私はこの時代の中島を知らなかったが、彼とは横浜の商業学校で先輩後輩の仲で、戦後になってからおなじ同人誌の仲間として親密になった。もし彼が生きていたら（二〇一〇年没）あらためて詳しい話が聞けたろうが、軍令部で畏敬する鶴見さんと会い、戦後に出した個人誌に詩を寄稿してもらったという話は幾度も聞いていた。その中島は十代の頃から「日本詩壇」「詩文学研究」などの雑誌に詩を発表し、一時は兵役にも服したが、鶴見さんと至近距離にいた敗戦直前にモダニズムの手法で戦争批判の詩を書いていたらしい。恐らく鶴見さんはそれを知っていたのだろう。

「戦争が終ってすぐに書いた」（前出）と鶴見さんがいう「くわいの歌」は、いつ中島に手渡されたのか。実際に発表されたのは数年後だったが、あるいは中島の都合で（掲載誌の発行が）予定より遅れたのかも知れない。ガリ版刷の個人誌「針品」第二号が発行されたのは、一九五二年五月のことだ。

ひとびとの　よるひるつくる
ことばは　ねんどのうつわ。
こぼたれ

やがて　くずれおちるもの。
　クワイガ　メエダシタ！

いちわんの　こめをたべ
いちわんの　みずをすする
ひとときの　用にたるのみ。
たちまちに　かさかさになり、
かたち　ゆがみ
くずれおちるもの。
　クワイガ　メエダシタ！
ハナサキャ　ヒイライタ！

（略）

ときたちては
ただ残骸を　とどめるのみ。

ことば、ことば、
ねんどの食器。
天にむかって
わが
はきかける　つば。
　クワイガ　メエダシタ！

　反歌
出鱈目の鱈目の鱈を干しておいて
夜ごと夜ごとに　ひとつ食うかな

限りなくやさしい言葉で書きながら、恐ろしいほどの「ことば」への洞察。かつて鶴見さんは「私の言葉は、私のもがきと肩を並べる高さまで達していない」と書いたことがあるが、ここには生滅する言葉へのいとおしさと残酷が、きわめてリアルに表出されている。

さて、中島の「針晶」はこの号で休刊になったが、それから二年後、私たちは試行錯誤の末に同人雑誌の枠を超えて、時代の危機意識を共有する若い世代の詩人たちによる季刊詩誌「今日」を書肆ユリイカから創刊することになった。その運動の支柱になったのは中島だが、創刊号を踏まえて一段と飛躍を期した第二冊の執筆メンバーに鶴見さんの名があがった。一九五四年夏、鶴見さんは「思想の科学」の若手を中心に「転向」の研究を発足させる直前だったが、こころよく私たちの希望を受け入れてくれた。

私の記憶に誤りがなければ、当時「思想の科学」編集室は新橋駅近くの内幸町にあったビル内に置かれていたので、私はその界隈のどこかで中島に鶴見さんを紹介してもらったと思う。原稿の打ち合わせがすんでから、雑談的に黒田三郎の話が出たが、たまたま「思想の科学」が入っているビルのまん前が当時のNHKで、黒田の勤務先だった。私にとっても黒田はすぐれた詩を書く先輩だったが、ウソかまことか酔虎伝にも事欠かない。まだNHKに入局して間もない頃のある朝、用務職員が正面玄関のシャッターを巻き上げようとしたら何かつっかかってうまくいかない。じつは前夜泥酔した黒田三郎がアザラシみたいにコンクリートの床に寝転がっていたというのだ。

それで大笑いになったが、鶴見さんは黒田に対してまたとない理解者でおおよそこんな話をしたような気がする。「私が戦争中に行ったジャワで、もし黒田三郎に会っていたら、私も「荒地」に入ったかもしれない（黒田は現地の企業に勤務していた）。私の気分は「荒地」の執筆者に近かったが、そうはならずに読者になった」。確かに鶴見さんは「鮎川信夫戦中手記」などもよく読んでいて、「軍隊という実物といきいきしたかかわりあいをもった生活記録として、たぐいまれな資質を明らかにした」と鮎川を高く評価していた。鶴見さんの現代詩に対する見識は並大抵のものではなかったことが推測できる。

話が少々脇道にそれたようだが、鶴見さんと私の関係に戻せば、前出の著作集解説につづけてこう述べている。

その後（引用注　「くわいの歌」を書いた後）、中島氏の紹介で、平林敏彦氏の主宰する詩の雑誌『今日』に「らくだの葬式」を出していただいた。これも敗戦後しばらくのころに書いた。

「今日」は主宰者を決めず、参加者が共同で編集に当っていたが、一九五四年十月発行の「今日」第二冊から「らくだの葬式」全行を引く。

らくだの馬さんが
なくなって
くず屋の背なかに
おぶわせられた
――此所から墓地までだいぶある

くず屋があるけば
馬さんもあるく
ひょこたん　ひょこたん
――やりきれないね

くず屋があるけば
馬さんもあるく
ひょこたん　ひょこたん
――でも仕方がないよ

馬さんがあるけば
くず屋もあるく
ひょこたん　ひょこたん

ここでは「死」がリレーのバトンのように、人から人へあたかも心を分ち合うかのようにひょこたん、ひょこたんとゆずりわたされてゆく。「やりきれないね」「仕方がないよ」とぼやきつつ、回転木馬のごとく生死はめぐる。鶴見さんには「人が死んで行くごとに／おれは自分から自由になり／静かに薄れてゆく。」(「自由はゆっくりと来る」)という詩もあるが、なべて非力な人間に「生死の深淵をのぞき込ませる」おもむきを感じさせる。それにしても、ひょこたん、ひょこたんのリフレーンは忘れがたい。「思想の科学」の草創期には、目よりもそのまま耳で理解できるような書法が論議されたというが、「ひょこたん」がまさにそうだという気もしてくる。

だが「らくだの葬式」が載った「今日」第二冊の目次を見ると、黒田三郎が「個人の経験とは何か」という長文の評論を書き、詩欄には山本太郎「聖灰祭」、大岡信「静けさの中心」、中島可一郎「通信」、清岡卓行「不吉な恋人たち」、飯島耕一「かくされた太陽、ロ」、中村稔「街」、安東次男「樹」、難波律郎「岬にて」、平林敏彦「ちいさな窓」などが並んでいる。これらの詩人たちはすべて当時三十歳前後で、今更のように過ぎ去った時代の熱気を思い出さずにはいられないが、その後分裂?の危機に遭遇した「今日」は第十冊を出して解散し、私は生活の事情で地方を転々としながら久しく詩の世界から遠去かった時期もあった。

その間、私は発表する当てもなく書いた作品をまとめて、ときには自家版の詩集を出す機会に恵まれたが、鶴見さんは八十代になって初めての詩集『もうろくの春』（二〇〇三年、編集グループＳＵＲＥ）を出して話題になった。詩集のあとがきに相当する「本のなりたち」に「自己批評は、批評のむずかしい領域で、年をとるにつれ、作者本人のもうろくにあとおしされて、さらにむずかしくなる。……」と鶴見さんは述べているが、内容は長期間にわたる独創的な、いわゆる現代詩とはほとんど異質ともいえる二十九篇。なまじな引用は控えたいが、たとえば『詩と自由』（鶴見俊輔著二〇〇七年、思潮社）の解説で川崎賢子氏は、こう書いている。「自由についての詩であり、自由と連帯――千々にくだかれ、分かたれ、熱狂とは遠い、死者をも包み込む、自分自身からの自由としての、静かな連帯についての詩であり――詩人と読者、詩についての詩にもなっている」。

とは言えこの詩集のタイトルは鶴見さん自身が付け、大手ではない京都の小出版社から「手製本三百部」限定で出ているのがいかにも鶴見さんらしく、「戦争を起こす文明には、もうろくの力で反対していきたい」とユーモラスに語っていたそうだ。

その鶴見さんと私が半世紀の歳月を経て再会したのは、私が自己検証のために書いた極私的評論『戦中戦後　詩的時代の証言　1935-1955』（二〇〇九年、思潮社）が、はからずも第十二回桑原武夫学芸賞に決定したときのことだった。

それまで意識したことがなかったこの賞は、鶴見さんともごく近い関係にあった京都学派の指導者桑原武夫（一九〇四―八八）の業績を顕彰するために設定されたもので、毎年選考前の一年間に出版されたあらゆるジャンルの単行本を対象に、梅原猛、杉本秀太郎、鶴見俊輔、山田慶児の四委員が選出にあたっていた。とはいえ厖大な書籍の年間出版数を考えただけでも、私などに縁があるとは思えなかった。ところがまさに青天の霹靂で、私は二〇〇九年の七月十四日夜、京都のホテルで行われた授賞式に出席することになった。

にもかかわらず、気が重かったのはこの年に限って鶴見さんが健康を損ね、選考会に出ることも辞退したと聞いていたからだ。ところが事態は一変する。会えないとあきらめていた鶴見さんが、病いを押してホテルの控室を訪れ、約三十分間も過ぎ去った時代の話をしてくれたのだ。そしてこの賞の選考の席には出られなかった鶴見さんが、それ以前に拙著を強く推して下さったこともわかった。授賞式では、仏文学者の杉本秀太郎委員がスピーチを披露した。

「平林敏彦の授賞作は六十年に余る長い年月、詩の同人誌などの生滅をわが身の喜怒哀楽と打ちまじえて見つづけ、詩を書きつづけた人の八十過ぎての証言、重い書物である……」。

私が控室に戻ると、鶴見さんはもう帰宅した後だったが、マイクで選評を聞いてくれたという。それから十日ほど過ぎて、鶴見さんから私宛に丁寧な封書が届いたが、あるいは病床で書いたものか、万年筆のかすれた文字であらまし次のように綴られていた。

奇縁、奇遇でした。私の詩を世におくりだしたその人と、六十年を経てめぐりあうとは。あの雑誌は「今日」ですね。今度の本には戦前、戦中、戦後の、ひとつの連続があります。日本の現代に稀なものです。受賞のことを思うと、あなたの夫人に喜んでもらえたのが何よりです。私はあなたを自分より年長の人だと長く思っていましたが、それはあなたの出発が早かったためでしょう。今はむしろ持続の形におどろきます。この時代は、未来につながっています。より安全な航海を祈ります。どうか、お元気で。

二〇〇九年七月二十四日　　鶴見俊輔

すべては夢だったような気もする。今から六十一年前、私が編集した詩誌「今日」に鶴見俊輔が詩を書いてくれた。そんなことが、ほんとうにあったのか。生涯「不良少年」を自称していた鶴見さんは「私は、自分の内部の不良少年に絶えず水をやって、枯死しないようにしている」といったそうだが、それは詩人の覚悟ともいうべき運命を指すのではないか。すでに私の命も尽きようとしているが、見果てぬ夢はまだあるということだ。

信州発　中村真一郎さんの書翰

いま私の机上に一冊の書物がある。

これまで幾度となく読み返した中村真一郎著『わが点鬼簿』のことだが、昭和五十七年に新潮社から出版されたふるい本だ。体裁は貼り函入り、濃紺のクロス装で、見返しに「椎野貴美代様　中村真一郎」とペン字の署名がある。「貴美代」は私の妹の名前だが、戦後新聞記者として中村さんと親しい関係にあった椎野英之という人物と結婚して、姓が変った。『わが点鬼簿』には中村真一郎さんと、私の義弟になった男との不思議といってもいい交友が、かなりくわしく書かれているが、私と同年生まれ（大正十三年）の椎野が五十歳そこそこで急死した後に出版されたその本を、中村さんが寡婦になった貴美代に贈ってくれたのである。

その書物には、かつて中村さんと「魂のふれあう時」を共にした物故者が数多く登場するが、ここではまず繰り返し語られる中村さんより四歳年上の詩人、立原道造に関わる濃やかな記述を引用してみたい。

（引用注　旧制第一）高等学校の終り頃から、大学へ入ったばかりは、のべつ立原道造について、本郷通りをうろついていた。そうして落第横丁のペリカンという食堂に入って、ハム・サラダのランチを食べながら、道造さんの計画していた新しい雑誌《午前》の構想を聞かされたり、その初号に載せるはずの原稿「優しき歌」の連作を見せられたり、同人に勧誘するために、仏文科の太田道夫の下宿まで、お伴をおおせつかったりした。

立原は堀辰雄が中心になっていた「四季」の最年少同人だったが、東大建築科を卒業後に肺結核が進行し、生前最後の夏を信州追分の旅館油屋の一室で過ごした。その期間中も中村さんがそばに付き添い、立原の話に耳を傾けたり、昼食後に昼寝をするときは枕を並べて横になったりしたが、あの頃が「人生の最も幸福な時間だった」と中村さんはいう。しかし昭和十四年三月、立原道造は二十五歳で急逝し、残念ながら「午前」の創刊も幻に終わった。

私がいま、この小文を書くことになった動機の一つは、私にとって最初の詩集『廃墟』が出るきっかけを、中村さんがつくってくれたことを明かしておきたい思いであり、もう一つは、その後私が長い空白をはさんで三冊目の『水辺の光　一九八七年冬』を出したとき、中村さんが信州から贈ってくれた書翰を、なんらかの形で残しておきたい願いがあったからだ。さらに中村真一郎のことばに倣えば、ここに書くいずれのエピソードも「私の人生の最も幸福な時間の中の出来事」のような気がする。

さて、中村真一郎が福永武彦、加藤周一らと押韻定型詩の実験の成果を提示する『マチネ・ポエティック詩集』が出たのは戦後三年目のことだが、その前から私は有楽町にあった大阪新聞東京支社に勤めながら、詩の仲間と同人誌を作っていた。そして私の義弟の椎野英之も、同じビル内に本社があった日刊紙時事新報の文化部記者として、たまたま中村真一郎の連載コラムを担当していたのだった。『わが点鬼簿』によれば、椎野はもともと俳優志望で戦後すぐ中村さんも関係していた文学座の座員になり、一度だけだが新劇合同公演「桜の園」の舞台の端で、美人女優とダンスをしたというが、あるいはその縁で新聞の連載が始まったのかも知れない。

それはともかく、混沌としていた当時の詩壇で『マチネ・ポエティック詩集』の反響はおおむね悲観的だったが、たまたま昭和二十五年の春、那珂太郎の詩集『Etudes』を出して、傾きかけた社運を挽回したとも比喩的にいわれる書肆ユリイカの伊達得夫がわざわざ会いに来たと、中村真一郎は書いている。

「伊達君は、当時、詩壇で袋だたきにあっていた私のところへやって来て、詩集を出そうと提案してくれた。（中略）計画が動き出してからは、校正刷りを持参する毎に、当時、大森に住んでいた私は、近所の長岡輝子のところへ彼を連れて行ったり」したというのだが、中村真一郎が当時住んでいたのは大森山王にあった椎野英之の実家の二階だった。椎野は当時住所不定だった中村さんが「新聞の原稿を書き続けてくれるように」、一時〝軟禁状態〟になってもらったのである。

ユリイカ版の中村真一郎『詩集』（注　中村詩集のタイトルは「詩集」だけ）はこうして世に出たが、中村さんはしゃれたフランス装の新本を椎野に見せて「ユリイカはいいぞ、ぼくが紹介するから、平林君にもきみから話してみれば……」とすすめてくれたのだ。信じられないような幸運だった。椎野と中村さんの親しい関係は知っていたが、それは仕事がらみのことでもあり、私からすれば中村真一郎はあくまで畏敬する文学者だった。しかし、当時の私ときたら左翼かぶれのちんぴら詩人で、はじめは椎野の早とちりではないのかと疑ったが、そうではなかった。ほんとうに中村さんの仲介で第一詩集『廃墟』が出版されたのは翌年の夏だった。

そして、中村真一郎は戦後文学に屹立する前衛的作家となり、新聞社を辞めた椎野は東宝映画のプロデューサーとして活躍するのだが、私生活でも家族ぐるみ至近距離にいた二人の消息を、その後も私はしばしば耳にしていた。しかしながら昭和三十年代後半から、私は言いがたい事情があって詩作を中断し、椎野は仕事の絶頂期に、映画会社で会議中に心臓発作で突然昏倒し、帰らぬ人になった。

「椎野英之は突風のように私の生活の真ん中に飛びこんで来た。（中略）生前、彼の仕事ぶりにあおられて、憎らしい奴がと思っていた人々も、死なれてみると、さすがに懐かしさに耐えがたく、盛大な追悼会を催した」と、中村さんは書いてくれたが、そのうち私がある人の厚意で三冊目の詩集『水辺の光　一九八七年冬』を出したとき、ふるい友人たちが六本木でやってくれた出版記念の会に合わせて、過褒というしかない、信じがたいような中村真一郎直筆の書翰が信州の山荘から私宛てに届いた。

平林敏彦君に

戦争直後の君の詩壇への登場は、ぼくたちに正に、悪しき闇の時代が終り、新しき時代の出発を告げる暁の炬火のように、まぶしくも輝かしく見えたものであった。

ところが君は、やがて訪れた詩の氾濫のなかで、突然に沈黙に入り、その沈黙は蜿々三十年に及んだ。ぼくたちは世塵のなかに姿を没した君を、アルチュール・ランボーの運命に擬し、その才能の流星のような通過を、ひとつの傳説として懐かしむようになっていた。

ところが、今回、突然、君は驚くべき豊かさをもって、詩の世界に復活した。しかも、その長い沈黙の間に、ひそかに書きためたものではなく、最近、突然に君のなかに詩魂の復活を見たのだという。

何という奇跡だろう。芸術の世界においては、大概の場合、長い中絶は、技術のうえでの悲惨な低落を招くものである。ところが君の復活は、かつての青春の輝きに優に匹敵し、更に年齢の積み重なりによる豊醇さに満ちた、確実な表現の洗練を示している。

ぼくはこの新しい一冊の詩集を手にした時、まずわが眼を疑い、次に頁を開いて読みすすめて行くうちに、何とも言えぬ強い感動が胸の奥から湧き上ってきた。その感動には、ぼくたちがひとりの詩人を取り戻したという、公けの喜びに混って、君とぼくとだけに通じる私の感慨がひそんでいる。

激しい人生を生き、慌ただしく世を去って行った、慌て者のあの君の義弟、そしてぼくのかけがえない友だった男が、もし今宵のこの席にいたらと思うと、ぼくは涙を禁じえない。あの男は持ち前の大声で、どんなに君の復活を喜んだだろう。ぼくの顔を見るごとに、君の沈黙を歯がゆがり、お互いに心を痛めながら、ただ遠くから、なすすべもなく、いつの日にか君の復活するであろうことを願っていたあの男の分まで、遙かの信州の林のなかの小屋で、ぼくは今夜は祝盃をあげようと思う。

本当におめでとう。

中村真一郎

一九八八年七月二三日

すでに私はこの世に長く生き過ぎたが、生きていればこういうこともあるのかと感慨を覚えずにはいられない。

私が詩から遠去かってからも、椎野英之が死んだ後も、中村さんが私のことを覚えていてくれたというだけで、あり得ない奇跡のような気がする。しかし、椎野を指して「ぼくのかけがえのない男」と呼び、「もし今宵のこの席にいたらと思うと、ぼくは涙を禁じえない」と書いている中村真一郎も、平成九年の極月に急逝した。いまも哀悼の思いは尽きないが人の死は一定《いちじょう》のことだ。

私はこの稿のはじめに、若き日の立原道造と中村真一郎の美しくもはかない交わりを『わが点鬼簿』から引かせてもらったが、そのようにしてすべての時は過ぎて行く。そしていつか機会があればと、私が胸の中にあたためていた願いを、いまこの「午前」に書かせてもらえたことを感謝したい。

飯島耕一のこと

いま飯島耕一が生きていたら……、ある日そう思い立って納戸のいちばん奥にあった「詩行動」という同人誌の束をさがし出した。

「詩行動」？　見たことも聞いたこともない人が、たぶん圧倒的に多いだろう。実は一九五一年十二月に創刊し、薄っぺらながら月刊を実行して二十四号プラス終刊号まで、怒濤?のごとく発行された同人誌である。

編集は平林敏彦、発行人柴田元男。同人は難波律郎、金太中、森道之輔、中島可一郎、児玉惇、別所直樹、滝口雅子、そして当時二十一歳の飯島耕一など。その創刊から二年後の五十三年十二月に出た飯島の処女詩集『他人の空』に収録された詩の大半は、明らかにその原型である作品が「詩行動」に書かれていた。

飯島が元気だった頃（などと言いたくはないが）ぼくたちはどんなふうに結ばれて、詩を書くことが生活のすべてのような時を分かち合っていたのか。二〇一三年にかれがこの世を去ってから、折にふれてさまざまなことを思い出すようになった。かれが「詩行動」に参加したのは東大仏文科に在学中のことだが、既に学内で「カイエ」というガリ版の詩誌を作っていたのに、敢て見知らぬ年長者の仲間に入ったのはなぜか？　みずから「疾風怒濤の時代」と称した当時のことを、かれはこう述べている。「このグループは、言わば理論派というより実践派で、詩はこうして書くのだということをここで覚えた。ここで十人もの人に自分が書いたばかりの詩を完膚なきまでに批判され、しごかれて、ぼくは自分の詩を何とかつよいものに立て直さなければならないと思った」。（「五〇年代の証言」現代詩手帖）

その拠点になったのが通称「柴田部屋」という、詩の道場と酒場と宿舎を兼ねたような空間だった。すなわち「詩行動」の発行人、柴田元男の自宅だが、戦争末期の米軍による爆撃で焼野原になった都内品川区上大崎の東急目蒲線不動前駅から、だらだら坂を上った右側に存在した十坪ほどのバラックで、畳の部屋が、二間きり。その六畳間にぼくらが自由に出入りして、月例の合評会はもとより、日夜を問わず詩を論じ、締切前夜の原稿を書き、焼酎をあおって取っ組み合いになり、はては泥酔して終電に乗り遅れ、着のみ着のまま投宿することもしばしばだった。

戦後と言えどもこれほど気の置けない場所はない。家主の柴田は結核で兵役免除になり、大学も中退して無職暮らし。療養中におなじ療養所で近くにいた詩人八木重吉の影響で詩作するようになったという。他の同人の多くは兵隊あがりで、職場を失ったり、アルバイトを見つけたり。まともなのは飯島耕一だけだったが、かれがあの濁流にとけ込めたとすれば、なにか冒険でもするような、ある種の危険な楽しさがあったからだろう。

この柴田部屋の居心地がなんともよかったのは、主の柴田が実にこまめに同人たちの面倒をみたからで、飯島もその人柄が好きだったのかもしれない。合評会でいつも激昂するのはぼくで、柴田は相手を苦境に追い込むような批評をしなかったし、いちばん落ち着いていたのは〝異星人〟のような飯島だった。内情をよく知る女性の同人が「柴田さんはやさしい、平林さんはこわい、飯島クンはカワイイ」と言っていたことを覚えている。

さらに特筆すべきは、柴田の人脈がやたらに広く、柴田部屋は「詩行動」に限らず、有名無名の詩人達が出入りする焼跡の社交場?になっていたことだ。たとえば金子光晴、壺井繁治、山之口貘、岡本潤、秋山清、近藤東、植村諦、木原孝一、山本太郎、鳥見迅彦、内山登美子、手塚久子、上林猷夫、及川均、三好豊一郎、田村隆一、栗田勇などなど。飯島はこの柴田部屋で初めて金子光晴と出会い、「詩行動」五号

（一九五二年四月）に長文の「金子光晴論——薔薇はおちぶれた」を発表した。これが縁で光晴に認められ、その二年後にはユリイカ版『戦後詩人全集』に十三篇の作品が収録されて、解説者の金子に激賞されている。

だが、それ以前に飯島の詩の評価を決定的にした作品「すべての戦いの終わりⅠⅡⅢ」が「詩行動」二十三号（一九五三年十月）に発表された直後、既に飽和状態になっていたこのグループはやむなく解散に追い込まれ、昂揚期にあった飯島を落胆させる事態になる。だが、このときかれが決意したのは念願の第一詩集を世に問うことだった。学生時代からの詩友金太中は、飯島が折にふれて「ぼくには大きな野心があるんだ」とさりげなく言っていたことをよく知っている。

しかし飯島は十分な資金を用意して原稿をまとめたわけではない。詩さえよければ出版社が本にしてくれるだろうと思っていたのか、どたん場で「新人はすべて自費出版」と聞かされてたじろいだ。そのへんがいかにも飯島らしいのだが、神は純情なかれを見捨てなかったというべきか、たまたま友人の音楽家がクラシックのコンクールで得た賞金の一部を融通してくれて、やがて一世を風靡する詩集『他人の空』初版二五〇部が刷りあがった。

「詩集ができたのは年の暮れで、製本所まで金太中が一緒に行ってくれた。手に取った瞬間、声が出ないほどうれしくて、帰る途中で祝杯をあげた。これからも必死に書こう、いつも断崖絶壁の前に立っているような気がするけど……」と、かれは語っている。

ぼくだって、その飯島耕一と「詩行動」の仲間だったことがどんなにうれしいか。それからも新しい季刊詩誌「今日」を一緒にやることが決まっていたが、『他人の空』の原型となった詩を飯島に書かせた柴田部屋の二年間を忘れることはないだろう。

いまぼくの机上にある「詩行動」はザラ紙が劣化して赤黒くなり、磨滅直前のように見える。活字がやっと読めるのもあとわずかだろう。飯島はこの同人誌にたゆみなく詩や評論、翻訳を書いてくれたが、至近距離にいたぼくはかれがいかに推敲を大切にする詩人であったかを目のあたりにして、感嘆せずにはいられなかった。

いまは過ぎ去ったことのすべてが、懐かしい夢のように思えるのだが……。

なぜ詩を書かないのか　長田弘「秋の理由」一九六七年――

またひとり、激動の一九六〇年代にラジカルな青春の詩集『われら新鮮な旅人』でデビューして以来、現代を代表する叙情詩人となった長田弘が、昨年五月三日に胆管癌で急逝してから早くも一年が過ぎ去ろうとしている。

行年七十五歳、彼は生涯いかなる文学団体にも所属せず、幅広い読者を対象にうつくしく平易な言葉で詩やエッセイを書き、人生の機微に温かくふれる仕事に専念した詩人だった。

今にしてぼくは思う、もし長田弘がこの世に存在しなかったら、危うい淵にいたぼくは詩を書くことを断念したかもしれない。人の運命はさまざまだが、まさにあのとき、長田はそれまで一度も会ったことがなかったぼくのために、「なぜ詩を書かないのか？」という激しくも優しさにあふれる詩を書いてくれたのである。信じてもらえるだろうか、当時長田とぼくにはまったく交流がなく、彼はぼくより十五歳も年下の若者で、詩集『われら新鮮な旅人』や評論集『抒情の変革』が詩壇の話題をさらっていた最中だった。

一方のぼくは二十代で二冊の詩集（『廃墟』『種子と破片』）を出したが、戦争直後に関係した二、三の小出版社が倒産し、場違いを承知で就職した商社も潰れて、三十歳を過ぎた頃には職も家も失っていた。やむなく都内を転々としながら売文で糊口をしのいだものの、それが心理的な負い目になったのか、いつか詩の仲間とのつき合いも避けるようになっていた。恥ずべきことだがそうなると「なんのために詩を書いて来たのか」という気概も薄れて、もう過去の自分を超えることすらできないのではないかという強迫観念に襲われていたのだろう。そしていつか無為に時はながれた。

その間、もしぼくと長田弘を繋ぐ何かがあったとすれば、わずかに時期はズレながらも二人が詩の世界に関わっていたことだった。前向きには詩が書けなくなっていたぼくも、ひそかに書店で長田の詩集『われら新鮮な旅人』を見ていたし、憶測ながら彼もぼくの『種子と破片』を読んでくれていたのではないか。だからと言って、未知の二人に何が起こるというのだろう。それなのに何の恩寵か、奇蹟が訪れたのは、一九六七年の夏がようやく過ぎようとしている頃だった。

ある晩、仕事を終えて遅い時間に帰ると、アパートのメールボックスに書籍入りの封筒が配達されていたが、差出人の名を見たぼくは首をかしげた。信じられない思いで開封すると、まだインクの匂いがしそうな長田弘の新刊評論集『探究としての詩』が届いていたのだ。本のなかには手紙もメモのようなものも入っていなかったが、鮮やかなブルーの見返しに「平林敏彦様　長田弘」とペン字の署名があって、それは本人の筆跡と思われた。さらにぼくが机に向かって本の頁をめくると、目次の最初にあった「秋の理由（序詩）」という活字が目にとび込んできた。

これが夢でなくて何だろう。「秋の理由」とは、詩に見離されようとしていたぼくに対して「なぜ詩を書かないのか」と糾問する、六十七行にも及ぶ長い詩篇のタイトルだった。ぼくは目を釘付けにして、ぼくの詩集『種子と破片』に収録されている七篇の作品の詩行を織り込みながら、映画のモンタージュを思わせる手法でブルースのような詩に仕上げた長田のテクニックに感嘆した。それは青春の光と影、その輝きと悲哀をリリカルに、あるいはドラスチックに表現し切ったあの時代のシティブルースでもあった。

だが「秋の理由」を繰り返し読みながら、迷った。これはぼくに対する私信なのか。それとも私信であると同時に、不特定多数の読者に差出された詩と思っていいのか。長田は評論集『探究としての詩』の末尾にこう書いている。

おそらく詩は、わたしたちに、自己救済の一手段ではなく、自己検証のしんの意味をもたらす。詩という行為が、自己と時代の限界への絶えざる挑戦という切実なイメージを、わたしの感情のなかにずっと持続してたもちつづけてきたのも、そうしたわたしの詩の感じ方におおく拠っている……

それならば活字になった「秋の理由」をあらためて詩誌、この「午前」に引用しても、長田は諒解してくれるだろう。そして「ぼくらはいちどかぎりの言葉をもつ」という副題を持つこの作品は、恐らく、誰にとっても、あらためて現代の詩とは何かを考えさせる端緒になるだろう。

［編注　詩「秋の理由」の引用は本書五五頁から六〇頁と重複するため割愛します］

長田弘はこの世を去り、はるか年上のぼくはこの世に取り残された。「秋の理由」が書かれてからも、なぜかぼくたちは一度も会うことがなかった。それでよかったのか。悔いることはなかったか……。

「人にはそれぞれに秘密があって、わたしたちは死んだ他者のことなど何も知らず、ただあれこれと想像するだけだ。それがわたしたちの持ち得る唯一の真実なのだ」と、長田弘は「秘密」という詩に書いている。

付記　長田弘の序「Letters」を付した平林敏彦の第三詩集『水辺の光　一九八七年冬』は一九八八年六月、火の鳥社から発売された。

二十世紀において、手紙の言葉は、戦争の経験と切りはなすことができない。戦争の経験は、あらゆる言葉を信じられないものとしたが、ただ手紙の言葉だけは、一人一人の生きようをつたえうる、唯一のまともな言葉として遺したからだ。(中略)『水辺の光　一九八七年冬』は、このもうすでにわすれられようとしている手紙の言葉を、あらためて想起させる詩集だ。(中略)かつて手紙としての詩をこころを込めて書き、ついに宛先をみつけられず、みずから詩を思い切った詩人が、それから三十年(!)のあいだまもった孤独な沈黙のあとに、はじめてじぶんの手紙の本当の宛先をみいだして、ふたたび「一本の鉛筆を削って」、ここころを削ってしたためた新しい手紙の束だ。(「Letters」部分)

辻井喬との出会い

詩について何か語ることは、今の私にとって少なからず苦痛である。だが古い友人のひとりとして、詩人辻井喬を語ることなら、たぶん許されるだろう。それにしても私の場合、友人関係とはかなり曖昧模糊としたもので、相手が忽然と死にでもしないと、なかなか客観的に見られないという悪癖がある。私が彼と最初に会ったのは一九五〇年代半ばだから、迂闊にもすでに二十年の歳月が過ぎたわけだ。

辻井喬を私に引合せたのは、故人となったユリイカの伊達得夫である。そのしばらく前から私は伊達の仕事を手伝い、彼から幾分かの予備知識を得ていた。辻井は詩人木島始と親交があること、東大時代は全学連の活動家であり、のちに新日本文学会の編集局にいたこと、政財界で著名な堤康次郎氏の子息であること、すでに父の事業の後継者であること、などであった。

間もなく彼の処女詩集『不確かな朝』が私の手許に届き、彼は私たちの同人誌「今日」の仲間に加わった。これが辻井喬の詩と私の出会いである。彼の作品に一貫して見られる思想と感性は、ほとんどつねに暗喩にみちた表現を選び、それは挫折と彷徨の中から出発しようとする彼の姿勢とも分ちがたく結びついていた。その詩的宇宙には、傷ついた魂の叫びと、自己処罰のペシミズム、囲繞する現実への告発が濃密に立ちこめているようにも思われた。

後に知ったのだが、辻井は少年時代に短歌を書き、詩よりもむしろ早く小説を書こうと志して、司馬遼太郎や寺内大吉らの同人誌「近代説話」に拠っていた時代がある。しかし私が彼の小説を読んだのはしばらく後で、自伝的長篇『彷徨の季節の中で』が最初であった。そしてこの小説には、辻井喬の詩を考察するための格好な手がかりがひそんでいることを私は感じた。

その冒頭に彼はこう書いている。

　生い立ちについて、私が受けた侮蔑は、人間が生きながら味わわなければならない辛さの一つかもしれない。私にとっての懐かしい思い出も、それを時の経過に曝してみると、いつも人間関係の亀裂を含んでいた。子供の頃、私の心は災いの影を映していた。戦争は次第に拡がり、やがて世の中の変革があった。私は革命を志向したが、それは、外部の動乱ばかりが原因ではない。私のなかに、私の裏切りと私への裏切りについて、想いを巡らさなければならない部分があった。

重苦しく暗鬱な幼時体験から出発して、屈折した心情に苛まれる成長期を送り、学生運動にもついに心の拠りどころを見出せず、闘病の中で詩を書き始めるまでを書いたこの長篇は、そのまま辻井喬の詩の主題に深く関っていると言えるだろう。

ここでその内容にも少しく触れてみたい。

彼の幼児期の断片的な記憶は、薄暗い三和土のある台所や、お酉様の熊手や、鬼子母神の祭りによく見かけるお多加楽の鯛やセルロイドの桜である。「どうしてこの子はこんなに弱いんでしょう」とつぶやく母の声。六歳の頃、彼の父は週に一度訪れるだけで、胸を病んで寝ていることの多い母は正妻ではなかった。孤独な彼と妹は母が起き上ると「お母さんが起きた、お母さんが起きた」と囃して、そのまわりを跳びはねる。

ひそかに彼が誇りにしていた美しい母は地方の銀行家の娘だったが、銀行が倒産したとき清算人として乗込んで来た父に掠奪されて、彼と妹を生んだ。刻苦によって成功者にのし上っていく野人的な父と、浪漫派の歌人である母はまったく異質な人間に思われたが、年少の彼には不可解な愛憎のきずなで結ばれていた。

彼はその父を恐れ、憎むが、母に対しても懐疑の目を向ける。中学生になった頃から父の家で生活するようになり、彼は母の本箱にあった泰西の名作や日本の古典文学を貪ぼるごとく読み始めた。修道院や軍隊の厳しい戒律に縛られた生活に憧れる少年でもあった。

彼の旧制高校時代に第二次大戦は激化し、家は空襲で焼け落ちる。日本の潰滅と同時に彼は去って行く父の世界の足音を聞き、初めて社会主義への目をひらいていく。それは巨大な父親に真向から立ち向うための戦いでもあった。東大生になった彼はマルクスに傾斜しつつ共産党へ入党し、父の傘下にある私鉄の党組織と接触する。

だが突然党本部へ呼出された彼はスパイ容疑で取調べられ、それが自分の戸籍上の身分による偏見と猜疑にあることを知って屈辱をおぼえた。さらに彼を苛んだのは党主流派と国際派の分裂を引金とする大学細胞の解散と、指導部の除名処分であった。党主派は彼を指して、もと右翼の領袖である父親の命を受け、私鉄総連内部の党組織破壊のために策動をはかったという烙印を押しつけたのだ。

彼は自分と運動を共にした女子学生に初めて生い立ちを話し、胸に秘めていた愛を告白するが、彼女は同志の域を越えることをためらう。卒業が近づくと仲間たちの多くは学生運動から遠去かっていく。だが彼は少数の同志と非合法活動へ身を投じる。その中で小説を書こうと思い立ち、ある進歩的な文学会の機関誌編集部へ入った。

なお続く闘争の過労でついに彼は喀血し、結核病棟に長期入院する。だが最初の苛立ちは時間と共に消え、病室の窓から忘れていた生活のたたずまいを眺める彼の心に、何でもない日常の流れが優しい歌のように浸透して来る。結局自分は革命と無縁の存在ではなかったのかという敗北感と、ふたたび襲いかかる環境への自己嫌悪。彼が愛した女子学生は復党し、彼にも自己批判書を提出することをすすめるが、二人の距離はすでに遠過ぎた。

孤絶した彼はある日、ベッドに滑り込んで来た年若い看護婦に誘惑され、初めて女を知った。それまで自分を支えてきた自負心や、理想主義的な革命家としての短い過去に向って狂暴な衝動に駆られつつ、その日から彼は憎悪する父への姿勢を徐々に崩していくのだ。ある夜、夢の中で、死んだ父のために彼はさめざめと泣き悲しんでいた。

回復期を迎えた彼は、ノートに詩を書きはじめる。自分の裏切りと自分への裏切りの間をかき分け、本当の自分の顔を探し出すために。だが退院した彼は自分の脆弱さを許しがたく思い、やはり父と袂別するしか残された人生はないと決心する。

「今思えば私の内部の焔が、最後に私自身の裏切りにむけられたのは当然であったのだ。昔、〝残っているものは喜びの歌ばかり〟と歌った詩人がいたが、私はなんとかして彼の歌い残した領域から歩き出さなければいけないのだ。深い暗い淵へ私を引込もうとする遅い眠りと闘いながら、私は意地になって自分に言い聞かせた。それが出来るかどうか、私には分らなかった。」と、この長篇は結ばれている。

もちろん小説には、彼の妹の家出や結婚、異母兄弟の出現、父母の確執、学生運動の推移、恋愛の事情などが書き込まれ、主人公の行動と心情が、組織と個人の問題をふまえて陰影深く浮彫りされている。だが一応はフィクションの形を取りながらも、この作品で辻井喬が試みたものは「仮面の中に消えようとしている自分の顔を探す」作業であった。私の粗雑な紹介の仕方にためらいは残るが、この小説が彼の詩の主題と根元的に関わり合っていることを、誰しも否定し得ないだろう。

革命志向への敗北感と、血縁の呪縛の意識の中で詩を書きはじめた彼が、「自分の感性以外は信じられないという謙虚で倨傲な姿勢」を取り、当時小野十三郎の『短歌的抒情の否定』を読んで自己忌避の根拠にしたという告白は、私にもよく理解できる。私もまたそういう時代を経験したからだ。しかし彼が小野詩論と同時に、その対極にある萩原朔太郎や三好達治を読み直したという事実は、さらに私の興味をそそる。

結果的には二年間の闘病生活が、彼を詩にのめり込ませたことになるが、彼は挫折感を自虐的に内攻させる方法を暗喩に求めて、情念の流れをかたくなに閉ざそうとした。それは彼が「恥の意識」から逃れられなかったためでもあるが、この基本的姿勢は今も続いている。辻井喬にとって小説が情況に参加する証明であるなら、詩は情況から孤立する批評であるのかも知れない。

恐らく彼を詩へ駆り立てるものは、人間の優しさに向けられた殺意、孤独を脅やかす集団的暴力、個人を疎外しようとする因習などへの、怒りと挑戦であろう。だが、詩は現代社会において何らかの力となり得るか。彼の詩に見られる自虐と韜晦は、果してその問いに答えているだろうか？「不毛の状況を逆転させるためには、自らへの裏切りが必要だ。なぜなら、総ての状況は主体によって選択されたものなのだから」という認識が、辻井喬の詩を変貌させる予感は充分にあるのだが。

言わずもがなのことだが、辻井喬は筆名で、もうひとりの彼は西武系列数社の頂点に立つ実業家堤清二である。実業界で彼ほど著名な人物が、一方でしたたかな詩を書いている例は、外国はいざ知らず、日本にはないだろう。だが『彷徨の季節の中で』の終章に彼が書いた「父との訣別」は、今彼自身の内部にどのような屈折的体験として刻みつけられているか。辻井喬の詩はその問いに立ち向っているかに見える。「私の裏切りと私への裏切り」が彼に血を流させる必然は、原罪感としてこれからも彼を責め続けるだろう。

そうした彼の心情は、この詩集（編注『辻井喬詩集　現代詩文庫』を指す）にある文章「欅・尾長鳥は使者か」でもよく読み取れる。広い庭の一角に聳え立つ欅の古木は、「父なるもの」の暗喩と受取ってもいい。そして「錆びた鉤で青空を引掻くような嗄れ声で鳴く」尾長鳥は、彼の詩と現実の間を飛翔する不安な使者である。

「尾長鳥が私を連れていこうとしていた場所は、〝無限への憬れ〟といったような、漠とした空間だったのではないかと思われる。鳥に導かれて飛ぶ時、言葉は青空にどのような痕跡を残すことができるのか」と彼がおのれに問うとき、その飛行の行動的意味と失墜感覚の中で、辻井喬の詩は亡命者の傷ついた魂を曝いて見せなければならない。私が彼に共感をおぼえるのも、深い淵からなお空を見上げずにはいられない卑少な希望を失ってはいないからだ。

「詩を書くという作業は、自分の腐蝕度を検査することだ」と言う彼は、実業家としての多忙な一日が終ると、必ず詩人の自分にたち戻っていく。たまさか町で酒を飲み、「じゃあ」と別れて振返るとき、私は彼の背に言いようのない寂しさを感じることがある。その深い孤独の影は、彼が幼時期から引きずって来た傷あとのようにも思われる。

たぶん今でも彼には「修道院や軍隊の厳しい戒律に縛られた生活に憧れる少年」のようなところがあるのだ。そして「仄暗い板の間のような場所に寝かされて聞いた、どうしてこの子はこんなに弱いんでしょう、という母の声」を記憶の中に繰返しよみがえらせているのではないだろうか。

永遠の喪失者の意識は、もはや彼にとって純潔の証しにはならないかも知れない。だが辻井喬の内なる敵は、今も彼の暗い淵に実在しているのではないか。近づこうとして彼の孤独な部屋の前に立ちすくむとき、私は傷ついたその魂の鼓動を聴くのである。

逢いたくて

忘れもしない
生まれながらの詩人といわれたM・Oが書き遺した詩の結末

　詩を書くぞ／書かではやまじ
　狂つて書く／踊つて書く
　死んでは書き、死んでは書く＊

一瞬　ひそやかに地軸がかたぶいた

日は移り　時はながれ
末期の空に砂まじりの風が吹いても

それでも自由に詩が書ける恩寵に浴しながら
ただ生きのびてわたしは何をしたか

すぐれて選ばれたひとりの詩人をうしなう悲しみはたとえようもないが
かれはわたしたちに何をつたえたかったのか
たとえ　まぼろしでもいい
死んでは書くと言い遺して見えなくなった詩人に逢いたくて
わたしたちは黄泉の水辺をさまよい
草の根をかき分け
いつか消息を口にする仲間もいなくなったが

信じられるだろうか
地上が破滅にむかっていたその頃
書かではやまじとわたしたちを励ました詩人が
いまは幽界にさす朝のひかりの中に立っていたことを

その静謐につつまれながら
狂って書くと言い遺した意味を

＊『大岡信詩集　水府　みえないまち』より

いつか何処かで

かねてから「雪国の冬が好きだ」と言っていた男が猛暑のさなかに他界した。みんなで「リュウセイ」と呼んでいたが、新聞によれば本名「名谷龍生《ナタニタツオ》」でなにやらおとなしそう。それはどうでもいいが、彼は敗戦直後にやっと成人になった頃、独自の社会主義リアリズムを主張する評論「移動と転換」を発表して注目された逸材だった。以来龍生は「私の言うリアリズムはいかなる政治路線にも優先し、それが実現しないうちは宿命的なローン・ウルフでしかない」と論陣を張って、実証的な詩を書いてきた。その途上で問題になったのは、ぼくが自分達の同人誌「新詩派」に発表した論文「小野十三郎ノート」である。ぼくはもともと小野ファンで、戦中から『風景詩抄』などを読みあさっていたのだが、龍生が師と仰ぐ小野に影響された分量とは桁が違う。どこが不満なのか、龍生は「許しがたい、平林は小野十三郎を鉈でブッタ斬る評論を書いた」と言いはじめたのだ。とは言え実は龍生のサービスで、詩人たちの集会があったりすると「これが小野十三郎を鉈で……」と言いふらす。ともあれ戦後真先に小野論を書いたのはぼくらしくて、全詩集年譜でも、その記載が確かめられるとか。

さて、長谷川龍生なくして戦後詩は語れない、と言うのは事実だが、恐らく一九五二年創刊の「列島」が出る以前、「荒地」の鮎川信夫と木原孝一が大阪まで出向き「仲間にならないか」と龍生を勧誘して断られたことがあった。「まったくその気がなかったわけじゃないが、いろいろ問題があってね」と龍生は言った。その後「列島」の中核からしばらく距離を置いていた龍生に、思い切って声をかけた日のことをぼくは今になっても忘れない。ぼくたちが新しい詩の共和国を目ざして会員制の寄稿誌「今日」(一九五四年)を創刊してから一年が過ぎていた。元気になった龍生が「今日」に参加して最初に書いてくれた詩は、彼の代表作と言われた「嫉妬《ジェラシー》——ケーブルカーの中、瞠視慾」だった。有難う龍生、いつか何処かでまた会おう。

河合幸男詩集『空幻の花』の奇蹟

幻の悲歌を書いた少年とその時代

今、この小論を書こうとする私の机上に、忘れ得べき一冊の抒情詩集が置かれている。

信じられるだろうか、かつてこの国が無謀な戦争によって滅びようとしていたとき、名もないひとりの少年がひそかに書きためていた詩の一部が、劫火を越えて敗戦直後に印刷されたという奇蹟的な事実を……。

夢ではない、私が手にしている河合幸男詩集『空幻の花』の中扉に示された「一九三八―四四」という数字は、言うまでもなく収録された詩が書かれた時期を指し、それは一九二二年生まれの著者が十六歳から六年間のことで、おおよそ少年期と言っていいだろう。

その少年の多感な時代が戦争末期と重なるのは痛ましいが、四四年夏、軍隊に召集された河合が印刷所に托した数十篇の詩稿は米軍の空爆で灰になり、その後実際に印刷されたのは、かれが外地から帰還後に記憶をたどって復元した詩を入稿したものだった。戦争に翻弄された運命の処女詩集の「あとがき」に、河合はこう記している。「これは私の青春を焚いた死の灰である。一九四六年の、もはや絶望の影さえ留めぬ廃墟の春の虚ろさは、この死の灰を措いて他に私を支えてくれるものは無い」と書き、さらに驚くべきことは「応召に替えて自分はそれまでに書いた詩稿の一切を喪い、この詩集に収録されたものは、私の記憶に強く残っていた作品の一部、十三篇を復元したものである」と信じがたい告白をしている。

そこでこの小論を書く私と河合幸男の私的な関係にふれると、二人はおなじ横浜生まれで、旧制の中学校では彼の方が二年上級生だった。だが十歳をこえてすぐから詩を書きはじめたというかれは、西條八十主宰の商業詩誌『蠟人形』などに投稿した詩が掲載される常連の一人で、私は在学中にそれらの早熟な抒情詩を書いていた河合の影響で、詩らしいものを書きはじめたのである。

「学校を出たら音楽関係の会社に就職したい」と言っていた河合は、進学せずに日本ビクターの文芸部員になり、出来の悪い私は翌年軍需工場の現場に動員されて、二人が会う機会もなくなったが、戦争末期の一九四四年夏には前後して陸軍に召集された。

そのとき河合が十代の頃から書きためていた詩を整理し、かなりの量になる原稿で処女詩集を編むことを決意したのは、近づく死を前にして二度とない青春のかたみにしたかったのかもしれない。

しかし河合幸男が詩を書きためた戦時中の一九三八年から四四年と言えば、たとえ少年であっても詩のようなものを書くだけで社会一般から異端視される時期だった。

歴史的にはナチス・ドイツのポーランド侵攻で一九三九年に第二次世界大戦が勃発し、日本国内では内務省警保局による文化活動の弾圧が強化された。四〇年三月にはシュルレアリスムに近い詩を書いていた若い詩人グループが、共産主義者と疑われて検挙、投獄された神戸詩人事件もあった。思想、言論の自由は日増しに抑圧され、当局の意向による詩誌の休、廃刊も続いた。取りわけ四一年末の日米開戦以降は戦意昂揚の愛国詩を書くか、ペンを置いて沈黙するか、詩人たちは暗澹たる状況に追い込まれていた。

憂うべきその時代に、ひとりの少年がファシズムにおおわれていた戦時体制に脅かされながら、ひそかに戦争とは無縁の瑞々しい抒情詩を書きためていたという事実に私は感動する。そして、それらの詩がいかなる受難に耐えなければならなかったか。その前後の事情について、河合はのちに概略こう書いている。

私に召集令状が来たのは一九四四年八月、敗戦の一年前だった。詩集の原稿は甲府の東部第六十三部隊に入隊する前、印刷所に入稿してあったが、遂に私はその初稿を見ることなく白い手の兵隊になって、一週間後には荷物のように下関へ送られ、軍用艦で釜山へ上陸した。その後は北支特別警備隊の一員として諜報活動に携わる教育をされながら、駐屯地も司馬庄鎮、馬家溝、唐山と転々としたが、四五年になってから詩集の原稿を渡して来た東京の印刷所が米軍に空爆され、組版まですべて焼失したことを知って愕然となった。……

（「孫たちへの証言」第十集　新風書房）

そして迎えた敗戦告知の八月十五日、特務機関に所属していた河合幸男は何ひとつ私物を所有することを許されず、部隊ごと天津の貨物廠に拘留されて帰還の順番を待ったが、絶望的な思いで故国の土を踏んだのはその年が明けてからだった。果して出征するまで住んでいた家は全焼して跡形もなく、留守を守っていた母はひれ伏すようにして泣いた。

だが、詩集の原稿がすべて灰になった現実を知ったとき、傷心の河合が決意したことは、恐るべき生来の記憶力で焼失した詩を復元する作業だった。かねてから自作の詩を暗記して朗読することにも熱心だったかれは、みずからの〝青春を焚いた死の灰〟の中から、取りわけ愛着のあった抒情詩十三篇をよみがえらせたのである。

東京も焼け野原になった敗戦直後によくぞと驚くほかないが、奇蹟を重ねて出版に漕ぎつけた処女詩集は、著者の装丁で楽譜を思わせる瀟洒な仕上がりになった。共紙ながらも表紙は額縁の図案で飾られ、本文の詩は薄いクリーム系の洋紙に五号活字の一段組で刷られて、河合幸男の旅立ちにふさわしい出来ばえだったと言えるだろう。また詩集のタイトルの「空幻」はかれの造語と思われるが、あたかも傷ましい故国の空に幻のごとく浮上した花のような一書でもあった。

しかしながら一九四六年と言えば、いわゆる戦後詩の新世代がいっせいに詩誌を創刊して、共通の戦争体験を内面的に深化させようとする新しい詩を目指した時期である。戦争によって人間の生死が不可分のものであったことを認知した若い詩人たちの多くが実存主義やマルキシズムに傾斜しつつ、あらためて詩の全体性の回復を模索していたが、その一方、久しく日本人の精神構造に深く浸透していた抒情詩は、あたかも過去のものになったかのような風潮があったことも否めないだろう。

そのとき河合幸男の詩はどのように読まれたか。限定五百部の私家版『空幻の花』

がいかなる範囲の読者に届けられたか不明だが、まず詩集の目次を見ると「悲歌」「微風に寄す」「とほい日」「帰途」「別れ」「透繪」「影繪」「四月」「秋」「旅立ち」「死のくにでの歌」「淋しき春」「花信風」の十三篇が並んでいる。戦災で燃え尽きた詩がその何倍もあったことはいかにも残念だが、それも戦いに敗れた国の悲しい現実だったとしか思えない。

今、私がひろげている七十年前の詩集『空幻の花』から、河合幸男の類ない感性を示す冒頭の一篇を引くと、

悲歌　紘きれた楽器の歌

かつて琥珀に透いた憂愁をみごとに堪へ
黄金の　あえかな歌をかきならした夢の楽器よ
歌ひ終らぬ憧憬はひとむれの風となつて
悔恨にひびわれた道をさむざむと立ち去るであらう

そのあと　雪は嗚咽のように降りしきり

おまへは寂蓼に覆はれて睡りつづけるであらう
預知のあたりであの花々が凋れゆき
なにも知らない鳥たちが季節の空を渡るときも

やがて夜がくるであらう　泉のやうに　諦めのやうに
そして　青い月明はかなしみのやうに滴つて
おまへの絃にふれ　おまへの胸を濡らすであらう

そのみづからの聲なき歌に眼ざめては
愛ぢやない　憎しみでもない　とほい昔への唯激しい眷戀に
おまへは身悶えて泣くであらう

すでにひとを愛することを知った少年にとって、絃の切れた楽器は悲痛な別離のイメージとして現れる。そしてソネット十四行詩の形式を借りた詩のモチーフは、河合幸男が憧れていたという立原道造や、リルケの影響が強くあるようにも感じられるが、最終連の耐えがたい激情の表現など、この詩集の総体が「悲歌」であることを暗示するかのようだ。

次に挙げる「秋」も、黄落の季節に托して少年の日のはかない恋をうたっている巧緻な作品と言えるだろう。第三連の「幻の縞馬が駆ける」イメージなどは、どこかモダニズム的感覚が哀切な効果をあげている。

秋

落葉がちる　いま僕たちのきた徑に
淋しいと言ひたいのかしら　おまへは
ふと濡れた瞳をあげて僕を瞶める　そしてふせる
おまへの瘠せた撫で肩に落葉がちる

寄りそへば白く透いてみえる頬のうぶ毛よ
おまへは　淋しいと言ひたいのかしら
やさしい指はほつれ毛をかきあげながら
風は　風は空のとほくを吹いてゐるやうな

あの移りゆく日影のやうに　幻の縞馬のやうに
駆け過ぎていつた　あの美しい暦のなかには
いまも残つてゐる　ぼくたちの白いあしあと

落葉がちる　落葉がちる
すでに離れはじめたふたつの心をめぐりながら
かぎりない淋しさを籠めて　落葉がちる

若者たちが戦場へ送られ、戦うことを強いられて死んでいく時代。次の詩は恐らく思春期の河合幸男が死を近くに感じながら、灰の降る道のほとりに佇んでいるメタフィジカルな光景をこの上もなく哀切に綴った悲歌かも知れない。あの戦時中に少年の恋愛などあり得ないと思うのは早計で、少年であればこそ人恋うる至純な思いがこのような詩を書かせたのだろう。

死のくにでの歌

降るともなく　降つてゐるのは夢だらうか
灰の帷の垂れこめた　暗い明るいこの道を
道のほとりの樹々たちを　追憶に似た遠景を
うつとりと　かなしく仄かに滲ませながら

ひとり手を垂れ　私はどこへ　どこへ私はゆくのだらう
私に何のかかはりもない　往き来の人の影たちが
語りあひ　わらひさざめき　そしてまた離れては
淋しげに　ゆきすぎてゆくこの道のいやはてとほく

ふと私は立ち止る　やさしい跫音に振りかへれば
ああ　やはりとほく立ち止つてゐるひとつの影は　おまへでは
ないのだらうか
つめたく　ちらちらと　夢のやうなものが絶えず時雨してふる
そのなかに

ああ　私らが生きてゐた日の　このやうな夜！
あの夜は月に濡れそぼち　心ときめいてかたみを待つた
ひとときを　あのはづかしく寄りそつてみたいばかりに……

繰り返し読み終えて後に残る思いは、戦時下の少年によって書かれたこの詩集の存在を知る人がごく少数ではないかと推測されることだ。もとよりこの国で個人詩集が商業ベースに乗るのはほとんど異例で、大半は少部数の自費出版だから、河合幸男の詩を読むことじたいがむずかしいかも知れない。

謙虚なかれがそれを嘆くようなことはないだろうが、試みに『空幻の花』以後のかれの詩的活動を追ってみると、久しく消息を知らなかった私にはまた別の発見や感慨があった。

時系列で見れば一九五一年、清楚なフランス装の河合幸男第二詩集『薄花色の歌』が世に出たが、巻頭の詩はひそかに前線から持ち帰った唯一の詩「壁に寄せる」で、戦中の四四年秋、河合が北支の寒村馬家溝で急性肝炎を発症したとき、民家に寝かされながら手帳にメモした望郷のソネットだった。そこには切なる母への慕情と、青春と訣別する兵士の悲哀が読み取れるが、かれはこの詩集をスプリングボードにして疲弊した抒情詩の復活を促す新たな詩誌の創刊を考えていたようだ。

その最初となる詩誌「薔薇」の創刊は一九五五年。誌面の特長は、本欄の次に読者の投稿から選んだ詩を掲載したことだが、これは戦前の「蠟人形」や「文芸汎論」などと同様に、新人の育成を主眼にしたものだった。それが仲間うちだけの同人誌と違うところで、河合は自分が投稿少年だった初心を忘れず、詩誌を主宰する詩人と新人との緊密な関係を重視した会員制の詩誌をつくることを重点にしていた。

しかし、「薔薇」は二号で休刊になり、続く五六年刊の第一次「詩苑」も当時の経済的事情からか短命に終わったが、六一年創刊の第二次「詩苑」は河合幸男のライフワークとして八六年、三十八号で終刊に至るまで、断続的ではあったが二十五年間、数ある詩苑社版詩集の刊行とともに、より高次な抒情詩の普及を目指す詩誌として存在した。

取りわけ注目すべきは「詩苑」の執筆者が創刊以来、堀口大学、佐藤一英、神保光太郎、田中冬二、山中散生、蔵原伸二郎、小山正孝、杉山平一、大木実、鷲巣繁男、岩本修蔵、龍野咲人、伊藤桂一、安西均、窪田啓作、鈴木亨、塚山勇三、日塔聰、木下夕爾、菱山修三、など錚々たる顔ぶれで、長期間にわたり、持続的に協力を惜しまなかったことだろう。これら日本の抒情詩の系譜に連なる詩人たちの多くが、けっして有名だったとは言えない「詩苑」のシンパサイザーであったという現象もまた、奇蹟的だったかもしれない。

ちなみに、河合幸男（筆名紗良）は第二次「詩苑」創刊号に自身の編集方針とも言うべき一文「詩苑立言」を書いているが、その一部分を引くと、

「詩苑」発刊にあたって私が呼びかけたのは、詩を愛するという自覚を素朴な実感としてもつ人たちであり、さまざまな環境のなかでそれぞれの詩を育んでいる人たちである。（中略）詩の技術とは専門的な職業的なものであり、詩の本質的な価値はもっとむきだしな、なまな、人間性そのもの、作品に投影された人格の深さと、それが与える感動の質、もしくはその振幅によって測られるべきものである。さらには、詩という無償の道に捧げる作者の情熱のはげしさによって測られてよい。「詩苑」はたとえ未熟ではあっても、詩を書くことのかなしみを知るこれらの人びとの思いをあつめて、詩壇と称ばれる場所からは遙かにとおい地点から、現代詩の空をのぞみ仰いで、いつかはそこにみずみずしい抒情の虹を架けることを希い、その下にあたらしい王国の建設を夢みているのである。

賛否があろうとなかろうと、これが河合の理念と方針で、その真情が終生変わることはなかった。
その後もかれは力量ある詩人を育てながら「詩苑」を続刊したが、一九六七年に第三詩集『愛と別れ』を発表し、第七回室生犀星詩人賞を受賞している。あの『空幻の花』からほぼ二十年、詩壇から遙かに遠い場所で抒情詩を書きつづけたかれの新詩集は、変わることなき人生への愛と、憂愁にみたされていた。

去にし春

抱きしめると
かすかに怯える瞳をして
ぼくを見あげたおまえ
あの日　空は曇っていたろうか?
カーネーションの匂いがした

しろい首すじのあたり
みだれた髪とあつい吐息
あの日　空は碧く澄んでいたろうか？

また春がめぐってきて
そよ風が悲しみをめくりあげる
こまかく砕けたひかりの粒が
きりもなくおまえの幻を埋めつくす

草の上に忘れられた手巾
鳴らないピアノの鍵盤をさすらう指
ああ　あの日
空はぼくたちを映していたろうか？

室生犀星はすでに死去していたが、今さら詩の主題とか方法とか、巧拙などを言って何になるだろう。けだし犀星は人間の愛をテーマに鬼気迫る詩を書いたが、河合の『愛と別れ』について堀口大学は「洗錬と精進の極限、甘さに深さと高さが加わった」と評し、作家の川端康成は「詩を書かなかった者、書けぬ者のうらやみを感じた」と読後感を寄せた。「佐藤春夫の『殉情詩集』につづくすばらしい昭和の抒情詩」と讃歎したのはモダニズム詩人の川口敏男だった。

だが、もはやこの世で河合幸男に会うことはできない。ここ数年、健康をそこねていた詩人は昨年九月二十一日、肺炎により東京世田谷区内の自宅で、音楽家の敏子夫人に看取られてその生涯を終えた。享年九十三歳。

付記　本稿を執筆するにあたり第二次「詩苑」の中心メンバーであった池田瑛子、溝口恒久、柳田禎三氏から貴重な資料を提供して頂きました。

Y校の詩人たち

なんとなく生きてきて、ふと振り返ればもう後がない。そんな思いもあって今号の「午前」には「河合幸男詩集『空幻の花』の奇蹟——悲歌を書いた少年とその時代」という小文を掲載してもらった。編集者の好意的計らいによるものだが、さらにこの欄を借りて、私が戦時中に詩らしいものを書きはじめた当時の事情をかいつまんで書いてみたい。

一九四〇年代、私は横浜市内にあった通称Y校という旧制の商業学校に通っていた。母子家庭で働きながら子育てをしてくれた母親が、卒業したら銀行員になって真面目な暮らしをしてと願っていたからだが、あいにくそうはいかなかった。Y校にはかなり話せる教師がいて、戦時中にもかかわらず自由に生きろと（言い方は少し違ってたと思うが?）応援するような風潮があったような気がする。ご希望に応えて、私の先輩や同学年生の中にも詩にかぶれて学業成績は急低下という少年たちがいたのだ。

シンパになってくれた国語科のK先生が授業中に披露するエピソードの数々を、私たちはわくわくしながら聞いた。

とりわけ私たちにとって「暁天の星」というべき存在は九年先輩の鷲巣繁男で、K先生は鷲巣の四年後輩にあたる中島可一郎や、そのまた三年下の河合幸男、もちろん私にも異端の大天才の話を名調子に乗せて話してくれたのだ。周知の通り彼は幼児期にロシア正教徒になり、Y校時代から漢籍に親しんで、ギリシャ語の古典をはじめ西欧各国語を独学で身につけ、のちに形而上詩人とうたわれた。第二次大戦にも二度召集され、帰国後に突然北海道の開墾地へ入植する。私は拙箸『戦中戦後　詩的時代の証言』(思潮社)の冒頭に、鷲巣の戦中未刊詩篇の中から、彼が前線で手帳に書きとめたという詩「吹雪の朝に」を収録することができたが、すぐれた戦場歌として高く評価されたことを誇りに思っている。

さらに中島可一郎がY校の先輩だったことを知ったのは、終戦の年の暮れ、私が横浜で神奈川新聞記者をしていたときの投稿による。焦土で目撃した光景をモダニズムの手法で書いた秀作だったが、彼は戦中から詩誌「日本詩壇」などで活躍し、戦争末期には横浜日吉の海軍軍令部に職を得て、哲学者鶴見俊輔らとともに情報分析の任務に関わっていた。当時、鶴見氏が詩を書いていたのは中島の勧めによるものだが、その時期に中島は日本の敗戦を予知する黙示録的な多くの作品を書いている。

そして敗戦の翌年三月、私は初めての同人誌「新詩派」を創刊したが、その後「詩行動」「今日」にも中島はグループの理論的支柱として積極的に力をかしてくれた。彼の第一詩集「子供の恐怖」が世に出たのは一九五四年、その後も出版人として金子光晴の詩集を制作したり、光晴の呼びかけによる同人誌「いささか」を茨木のり子、吉野弘、岩田宏らと創刊するなど、画期的な仕事に没頭した。思えば鷲巣繁男から中島可一郎、河合幸男、末尾の私まで、十年足らずの期間によかれあしかれ現代詩人の卵を集中させた母校に感謝したい。おなじ戦時中に田村隆一、北村太郎、加島祥造が在籍していた旧東京府立三商もあったけれど……。

モダニズム詩人、長田恒雄との再会

日もすがら、さわやかな初秋の風が吹いている。海のほうから、風の道が通っているのだろうか。小さな住宅のおかげもあって、古びた仕事机を置いた広い窓から入って、やさしく吹きぬけていく風……。思うところあって去年の暮、横浜から静岡へ引越してまだ一年足らず。そろそろ身辺整理も必要かといろいろ迷ったが、体力の消耗だけは防ぎようがなく、これが最後の引越し貧乏になりそうだ。静岡と言っても私の住所は清水区で、船原という町名が気に入った。昔は恐らく港から物資などを積んだ艀舟が水路を往き来して、その舟溜りになっていたようなところかも知れない。今も朝夕は船の汽笛が聞こえてきたり、何やらおっとりとした港町の風情は、気まぐれな私をどう操ってくれるのか。

ところがつい最近、ぶらりと町の図書館に入って、私にとっては忘れ難いモダニズムの詩人長田《おさだ》恒雄《つねお》（一九〇二〜一九七七）が清水生まれであることを確認した。噂は聞いていたが、彼の生家は真宗大谷派の入江山明通寺。恒雄は寺の跡を継ぐべき住職の長男だったが、旧制静岡中学二年の頃、仏門に疑問を感じて詩を書きはじめる。かくして決定的な事件は起きた。たまたま高名な英米文学者になる以前の福原麟太郎氏が、静中二年の担任教師になったのが縁で長田少年の詩に感心し、のちに世に出た第一詩集『青魚集』(一九二九)の製作費はまるごと福原氏が面倒を見たという。だがそれより凄かったのは、革命児ともいうべき長田恒雄の叛骨である。彼が京都東本願寺で得度したのは十歳のときだったが、福原先生との縁は転任のため一年で途切れ、父も早逝して家郷を捨てた彼は、詩を書きながら、各地を放浪。新潟三条の念仏道場、京都一灯園などで修行し、食うために名古屋千種監獄の書記見習いや町工場の電球製作工、卵売りの行商までして糊口をしのいだ。またあるときは清水に帰って真宗三ヶ寺の青年信徒を糾合し、関東大震災被災者の救援活動に当りながらも詩の同人雑誌を発行。山村暮鳥と文通していた時期もある。その彼を忘れなかった福原は『青魚集』によって長田恒雄を詩壇にデビューさせたが、その詩が生い立ちとは無縁のモダニズムだったのは、彼が北園克衛編集で創刊したばかりの「VOU」に参加していたことでもよくわかる。ラジカルに戦中を生きぬいた長田は敗戦からわずか半年後に北園克衛、村野四郎と共著の詩集『天の繭』を刊行した。

今、私が長田恒雄の死を惜しんでやまないのは、敗戦直後の数年間、東京で雑誌記者になりたての頃、いつも機嫌よく詩やコントや短編を書いてくれた恩誼や、彼が創刊した詩誌「ルネサンス」の前衛的な編集センスをいまだに憶えているからだ。昔から詩人の評価ほどむずかしいものはないというが、長田の最後の詩集『風来歌』にこんなくだりがある。

戦争にも生き残り
小さな罪を積み重ね
教授にも選良にも乞食にも牛太郎にも高僧にもやくざにも幇間にも論説委員にも
　レフェリイにも騎手にも園丁にもならず
やれやれ……

海からの風が吹いてくる昼下がり、どこか近くに長田恒雄がいるような……。

夏の終わりに　詩人たちのメッセージ

　この夏も、あらまし時は滅びにむかって過ぎていくのだろうか。明日は何が起こるかわからない。いや、はたして明日があるのだろうか、と疑ってみたりする。いたずらに年を重ねて、すさびにはかない詩を書くのもつらくなった。

　私はいつ、何が動機で詩を書くようになったのか。屈折した生い立ちのせいも否定しがたいが、もし私にあの戦時体験がなかったら、恐らく詩を書きつづけることもなかったような気がする。兵役を終えて、住む家も焼失した焦土に立たされたとき、私は自分が戦後社会の現実に適合できる人間とは思えなかった。むろん食わずにはいられないが、まともな学歴も頼れる縁故もない私に生きる自由があるとすれば、まがりなりにも詩を書いていくこと、求めてアウトサイダーになることだった。

　ぺらぺらの同人雑誌をやりながら取り敢えずは新聞、雑誌の臨時雇い記者。立案、取材、原稿作り、撮影、それもフィクションかドキュメンタリーか、注文に応じてこなす。さらには単行本の構想、漫画の原作、放送台本、週刊誌のリライトなど、締め切り間際に徹夜で書くことも多く、そんな仕事がコンスタントにあるわけもない。私同様、収入不定で飛びまわる詩人たちと現場で鉢合わせしたり。それでも自分の生き方に屈辱を感じながら、私がなんとか凌いで来られたのは、結局三度の飯より好きだった詩を苦しみながらも書いてこられたこと、その世界で直接間接に縁することが出来た先達や同世代の詩人たちの励ましがあったからだろう。自慢にはならないが、私が途方もない回数の引っ越しをしたのも、経済的理由だけではなく、ストレス解消と称して身勝手な転居を重ねたふしがある。その行く先々で思いがけない人たちからもらった手紙や葉書、メッセージなどを、大切に持っているが、私の人生の余白も残り少なくなった。思えば遠く来たものだが、おぼろげな記憶をたぐりながら、私がある知人の支援でほぼ三十年ぶりに出した三冊目の詩集『水辺の光　一九八七年冬』のささやかな記念の集まりがあったときのことをまず書いておきたい。その夜、他に先約があった飯島耕一と、病気で入院中だった田村隆一が私へのメッセージとして、必要であれば司会者に読んでもらうようにと、四百字詰原稿用紙に手書きしてくれた文の一部分を引くと一九五一年夏、初めて柴田部屋と呼ばれた詩誌「詩行動」の編集室へ行くと、平林さんや中島可一郎さん、難波律郎さん、森道之輔さん、児玉惇さんたちが集まり、そこにまだ学生だった私と金太中が加わったのです。それは疾風怒濤の楽しい日々でした。同人会の相互批評がすむと、焼酎とブタコマのスキヤキで、ひょっとしたら、この時の会が今まで一番楽しかったかもしれません。月一回いそいそと、二十歳の私はその柴田部屋へ通ったものです。　飯島耕一

みんな若かったあの頃、「詩行動」は飯島にとって人生の最初に参加した同人詩誌だが、発行人柴田元男が東京目黒の焼け跡に建てたバラックの一間を私たちに開放していた。ここに出没した詩人は数多いが、ある日たまたま立ち寄った金子光晴といきなりナマで対面した飯島は、さすがに絶句したきりだったが、二、三冊後の「詩行動」（月刊だった）に彼が「金子光晴論」を書いていたことが忘れられない。

一方、私が受け取った田村隆一のメッセージは、日頃の軽妙洒脱な田村ブシはどこへやらの文体で驚いたのは私ばかりではなかったろう。それとも狐につままれたか、小さな会場のレストランが一瞬しーんとなった。

貴兄にお目にかかってから半世紀近くなります。初期の作品を読んで驚嘆した記憶がよみがえってきました。そして戦後の詩は、あなたの詩的再出発でした。それからの永い沈黙、詩人にとって重要なことは、その沈黙が詩の母胎になることでしょう。これからはその成熟を生かして、ぞくぞくと詩を書いて下さい。自分自身のために、自分の中の他人にむかって。目下、体調をくずしてお祝いのパーティに出席できませんが、お許し下さい……。

田村隆一

おまえの永い沈黙は事情があってのことだろうが、それを糧として詩的情熱を掻き立てよという激励なのだが、私は戦時中の中学生時代にたわいない抒情詩を「文芸汎論」という雑誌に投稿しながら、すでに〝文汎〟本欄の大スターだった田村隆一に憧れていた。

今思えば何がなんでも詩人にひと目会いたくて、東京大塚三業地の有名料亭の御曹司だった田村を訪ねたのは一九四一年、日米開戦の年の暮れ。すでに田村は大学生で、ケムに巻かれるような詩の話はほとんど通じなかったが、私の名を彼が知っていたというだけでふるえがきた。これが縁で、田村は戦後まだ「荒地」グループが詩を発表する場所を持たなかった一時期、私たちの同人誌「新詩派」に参加してくれたのである。そしてあの日のメッセージを思い出すたび、ろくでもない詩しか書けない私は非力に打ちのめされるのだ。

　さて、戦時中に田村隆一、北村太郎、加島祥造の三人が東京府立三商（旧制）で同級生だったことはよく知られている。その時代から彼らはともに詩を書きはじめたが、田村と北村は鮎川信夫、三好豊一郎らと戦中から至近距離にいて、「荒地」の核を形成した。一歩遅く、加島は戦後の年刊『荒地詩集』に参加してライトヴァースの詩的端緒をひらいたが、その後はアメリカ文学者として実績を積み重ね、やがて人生の転機を迎える。横浜での長い生活を打ち切って一九七三年、彼が信州伊那谷に建てた山荘に居を移したのは新しい同伴者との生活が始まったためと言われるが、私はそれまでの事情をまったく知らなかった。

　引っ越し貧乏を地で行く私は、敗戦直後の鎌倉を皮切りに横浜、吉祥寺、東京区内数か所、また横浜、熱海、またまた横浜を転々したあげく、まあ何とかなるだろうという発想で、たまたま知人にすすめられた信州安曇野（北安曇郡松川村）の借家に転居したのは七十歳の初夏のことだ。海辺の町にこだわっていた私が、いきなり北アルプス山麓の村へ引っ越したのは、それなりの理由があった。

　私がひと目で飛びついた物件は、レストランを廃業したばかりのしゃれた建物で、まず賃料が桁外れに安い。白いドアをあけると、広い長方形の室内にはテーブル席のほか、十数人は並んで飲めるカウンターがあり、その隣りはアルプスが一望できるベランダになっていた。私はここを拠点に、詩のパフォーマンスや詩書の出版、CD制作などを展開する。妻は私の仕事に協力しつつ、好きな薔薇の庭づくりと、さまざまな猫を飼う自由を保証される。いっそのこと、このスペースの名を「青猫座」にしようと決めた。それはまあ結構な話ではあるが、当面夢を食べて生きられるわけではない。ここに到って悩むより、東京へ週一、二回出稼ぎに通えば何とかなるだろうと、先のことは棚上げにした。

こうして青猫座は一九九五年、朗読劇「戦後五〇年、反戦のうた」を松本市の某ホールで上演したのを皮切りに、シリーズ「青猫座の詩集」と名付けた最初の自家版『月あかりの村』が発刊されたのは、それから三年後の九八年夏のことだ。地元の印刷業者と首っ引きで、手作り感を大切にした小さな濃茶色の本だったが、少部数の中の一冊を寄贈した伊那谷の詩人加島祥造から、なんと巻紙に墨書した手紙を受け取ったときの感慨はいまも尾をひいている。

『月あかりの村で』を拝受、御礼を申します。同じ世代に東海で生まれ育った私たちが、信州に居を移したことを思い、不思議な感を覚えます。信州では安曇野と伊那谷を最も美しい里と思っています。私は三年前に定住、その前二十年ほど別荘通いでした。最近は画作が多く、その小展示の案内と、年四回の通信をごらんにいれます。会場でお会いできると嬉しく思います。早々。　加島祥造

詩人の人柄をしのばせる物静かなメッセージだが、文面にただよう寂寥の影は、加島と私が共有する秘密と無縁なものではなかった。恐らくその複雑な事情によって加島は二十年、私は三十年、詩作を断った過去があったが、予期せぬ信州の出会いが私にもたらしたものは、決して少なくなかった。

『月あかりの村で』は、私が安曇野の住人になってから書いた作品をまとめた詩集だったが、これと前後して「青猫座の詩集」の別刊詩画集『LUNA²』が出た。私の詩と対にする幻想的なモノクロの単彩画を描いてくれたのは、私より先に大阪から安曇野へ移住していた画家の成瀬政博さんである。この村には、ほかにも彫刻家や陶芸家が都会から転出して来ていたが、地元の若者たちもまじえて成瀬さんのアトリエによく集まった。なんと画伯は詩や小説、エッセイ、童話、映画、写真に関してもプロはだしで、自分の詩集も何冊かあるという興味しんしんの人物なのだ。

知り合って間もないある日のこと、山麓の小道を二人でぶらぶらしながら成瀬さんはこう言った。「前から話そうかと思っていたんですが、詩と画の本を作りませんか」と。絶妙のタイミングだった。さらに「これ、なんとなくですが、どうでしょう」と、成瀬さんがなにか原稿らしいものを手渡してくれたのはそれから数日後だった。

たとえば、冬の星月夜が美しい村の駅舎で、詩人と画家がぐうぜん出会った。二人はもう青春からは遠かったが、たがいに何を待ちつづけていたのだろう。道に迷ったシマイルカのように、見えるものと見えない物との関係式について愉快に語り明かした。／たとえばその夜の月は、月の光の中にあるもうひとつの月に照らされた自乗の月だった。（中略）／一冊の無限の本が、空に嵌め込まれた。

成瀬政博

これはもう美しい散文詩だ。私は道に迷っていたシマイルカとしてこのメッセージを詩画集への序文にしたいと提案した。私はきっちり十行の抒情詩を十篇書き、成瀬さんは十葉のイラストとブックデザインを引き受けて、船出した本はメディアも大きく紹介し、コンサートや絵画展の会場でたちまち売り切れた。「詩集がばんばん売れるなんて！」と、私は感動した。

元レストランだった青猫座の空間はサロンと仕事場を兼ねてにぎわった。詩と音楽のコンサートを中心に、絵画展が相乗りしたり、フラメンコが登場したり。村の若者たちが協力して農地に吹き抜けの舞台と客席をつくりあげ、のちにはクラシックの演奏会までやってのける。あの詩画集の完成記念に、成瀬さんが紹介してくれた一匹狼のピアニストMASAさんによる即興演奏と、私の朗読を録音したCD「LUNA²」が発表される。青猫座の庭には薔薇が咲きみだれ、かわいい猫もいつしか七匹に増えて、やっぱり引っ越しはしてみないとわからない、と言いたいのだが……。

イベントなどの入場料は最低限に設定したものの、満席近くになっても元が取れるわけではなく、東京への出稼ぎも知れたものでジリ貧が次第に顕在化してきた。熟慮?の末に十年暮らした信州に別れを告げ、青猫座は一時休業して、伊豆半島のリゾートにある知人の空き別荘へ転居したのは二〇〇三年の秋だった。

吹き来る風に、おまえはいったい何をしてきたのだと問われても、答えるすべがない。調子に乗っていろいろやったが、出来ることならもう一度、私に詩を書く機縁をあたえてくれた戦争体験の場へ戻って最後を迎えたいとも思ったが、その後また横浜の集合住宅に住んで評論集と他に二冊の詩集を発表することができた。はたしてこの先、まだ私に明日はあるのか——。

詩

夢の中でも

夢の中でも誰かが穴を掘っている
見るまに血がたまっていく
おびただしい名前が浮かび
名前が消える
旅のゆくてに揺れる標的
氷点下の淡い陽が墓地にこごり
折れた橋のたもとにいる男たちは
骨を擦りあわせて
涸れたダムの話をしている
泥の底から這いだした鬼胎の子が
とび散った魂の行方を泣きながらさがす

夢の中でも無力なひとりの兵士として
焦土に重なり倒れた死者をまたいで歩く
遠い夏の日が起きあがってくる
火にあぶられた葉の上で震える一匹の青虫
何かが壊され続ける音
書きかけの詩は失語したまま砂になって
深い亀裂にこぼれ落ちている
ひとすじの煙りが
野末にうっすらと立ちのぼり
草の穂先からまた一日が暮れていく

けさ
雪に埋もれた固い花の芽を見つけたが
ひとは一本の木の

生涯すら見とどけることができない

小さな旗のごときもの

夕闇の杜を一瞬ふるわせた銃声が
　　かすかにこだましたあと
　わくら葉が散り敷く小径に静けさがよみがえる
狙撃者はどこに
　　だれひとり　猟人を見かけたふうはなかった

ただ　木立の奥にうずくまる山小屋の壁にかけた鏡に
　獲物を撃ちそこねて悄然と肩をおとした男の横顔が
　　ぼんやりと映っていたほかは……

何が彼を追いつめたのか

残された最後の自由を見つめ
　　ライフルをいとおしむように磨き込んでから
　窓辺に寄ってしばらく
　　降りはじめた雪に魂をうばわれていた
なんという長い夜をめぐって来たのだろう
　　　孤独と狎れあった屈辱の記憶が
　　薪ストーブの不穏な炎をあおっている

生と死があやうく擦れちがう辺境を
　　どのようにさまよい　わたって来たのか
思えばその途上に浮き沈みしていた標的を
　　　どれほど見のがして来たことか

そしていま　かろうじて彼を生かしめているもの
　　　　　衰えつつあるもろもろに逆らうせめてもの激情として

朝まだきの空の高みにはためく小さな旗のごときもの
ときには雪の下から起ちあがるかたい莟にも似た
あのひそやかな　希望こそ……

草の舟

難民キャンプの天幕に滲む
　ざらついた冬の日没
　今しがた生まれた子と隣り合わせに
　　仰向けの老人が死の淵にいる
日もすがら戦場をゆるがせ
　この辺境にこだまする砲声

だれに望まれることもなく
　　吹きすさぶ風圧に逆らい
　ただ無惨に奪われてゆくだけの人たち
　　かりそめの団居は引き裂かれ

ジェノサイドの予感におののいて
　地の果てにうずくまるもの

消息を絶った囚われの戦士に
　手向ける野の花もなく
飛散した言葉をあつめては紡ぎ
　さまよう魂の群れとめぐりあうとき
血まみれの夕映えを浴びて
　かれらは何を語り合っただろう

そして昨日も明日も百年後も
　まといつく死の影におびえ
いつか朝まだきの岸辺にたどり着くと
むなしい戦さの幻を積んだ草の舟が
　霧のむこうにかたぶいている

このふかい静けさは何なのか
　殺し殺されるひとりひとりが
不穏な舟に乗り合わせた哀しい客ではなかったか

幽界の夏

i　手紙

夜更けて居たたまれず
暗いあかりの下で手紙を書く
逃げることばを追いつめ
ときには賽を投げるように
郵便函に封書が落ちるかすかな音
声がとどかぬうちに躓かず
その人といつか会えなくなる前に

ii　椅子

ふるびた木造アパートの二階に
窓があかない部屋がある
露台の隅に置きっぱなしの
ほそい脚が折れた椅子
蟬しぐれも絶えた夏の終わり
はげしい油照りの西陽を浴びて
置き去りの一日がまた昏れていく

iii　一行

あいつもいなくなったか
名簿からまたひとり詩人が消える
たまには気恥ずかしそうな枯葉になって

生きのびた仲間たちのかたわらに
ふっと降りて来ることも
そのとき詩の一行はよみがえるか
ともに滅びる者のいとおしさのうちに

iv　逃げ水

ゆうべ　つと枕元にあらわれ
死にはぐれたと悔みながら
サハレ　コゾノユキ　イマイズコ*
などとささやいたのは誰
またか　あれは八月の亡霊だよ
ゆさぶられてもまだ夢の中
逃げ水をどこまでも懲りず追い駆けて

v　非人

飢えていれば喰うことも
喰われることだって
いまはつつがなく口ごもる
分厚い栗の木のカウンターで
わずかばかりの生酒に酔う
あるまじき一片の陰画
幽界のほとり　網膜に遠い夏の日の眩めき

*さはれ　去年の雪　いま何処（フランソワ・ヴィヨン）

鯰　catfish

私はひとりのいかがわしい兵士に過ぎなかったのか
それとも大罪を犯してしまった人間なのか
もし生きること自体が悪業であるなら
許されざる余生を生き直すすべはなかったのか
曇りなく事物を見つめる目も　素直に聞く耳も　語る口も塞がれ
貧しげな詩など書こうとする気概すら失いかけて
どのような化けの皮をまとっても　正体を隠すことはかなわなかった
欺く　盗む　騙す　媚びる　裏切る　妥協をよそおう
壊す　暴く　謀る　茶化す　シラを切る　ペテンにかける　殺す
悪の限りを尽したとしても　底知れぬ人間の弱さ　愚かさを思えば
忌わしいあの戦場の記憶から逃れることはできなかったろう

ぐうたらな一兵士の偶発的な抵抗だとて　それなりの意味はあるかも知れない
敗残の兵士が革命の旗を振る　はかない幻想にすがりついたとしても
だれがそれを　責められるというのか
さりながら時はすべてを押し流す
かつて恥を知ることは　人間の好ましい美徳だったが　いったい今の私はどう
　だろう
身過ぎ世過ぎの実情を打ちあければ　恥知らずもいいところ
貧乏はみずから招いた怠け者のむくいだが
朝の散歩がてらにリハビリテーション　図書館に寄って新聞何紙かを斜め読み
ときには雑文書きもするが　インターネットは怖くてさわれない
先がないからそれで結構　港町の片隅でなかなか会えない友人にえんえんと手
　紙を書く
映画やテレビもほとんど見なくなって　これでいいのかと背筋が寒くなること
　もあるが
そんな年の瀬の夕方　とある泌尿器科クリニックの待合室で私はめずらしいモ

ノに遭遇した
やや大型の水槽に　なんとも形容しがたい暗鬱な色をした怪物がまったく身動
　きする気配もなく
長大な時を呑み込んだように浮かんでいる
なんだこれは？
覗き込むと身の丈五十糎はありそうな大鯰の変種らしきものが
今まさに途方もない天変地異の接近でも暗示しているのか
一瞬　トレードマークの不気味な髭をはね上げて威嚇したのだ
脳天からずぶ濡れになった　私を嘲笑するかのように

荒れはてた冬の庭で

朝まだき　小窓をあけると音もなく降りしきる雪
記憶の底から迫りあがる　あるまじきものの幻影
何も見えず　聴こえず　固く黙して遠去かるのは
凍えつく枯葉色の　名もない兵の隊列だ

その脳裡に焼きついた　戦場のかなた
何処からか血がにじむ空をわたって来る　鳥の群れが
家郷へ還るすべをなくした若者たちの魂を抱いて
雪の原野をすれすれに飛びながら消えていったが
死にそびれた無能な兵である私に残された希望は　生きて詩を書くことだけだった

そして時は過ぎ　風雪の明け暮れをともにした仲間たちはそれぞれに
詩に殉ずる道をみずから選んで生きた
かつて飯島耕一は　自身を孤高な一羽の鳩にたとえて
「いまや一羽だけで空を飛んでいるじぶんを感じる　詩と別れることが最後まで出来なかった鳩として……」とエッセーに書き
辻井喬は死の直前　病床で逝くべき場所を示唆する哀切な詩を遺した
「見えない薄羽蜉蝣や桐一葉が落ちる時に立てる音　それを聴くために僕は死のうとしている」と……

私はきょうも雪がちらつく露地裏で　何に怯えてか狂おしく地面に穴を掘っている野犬を目撃し
晴れた日にはそぞろ歩きの道すがら　海の風が運んでくる絃楽器の切迫した旋律におののいて立ち竦んだ
振り返ればこの人生の折節に　私はなぜ愚かしい謀反を重ねてきたのか

いま騒然と経めぐるあらたな年のひよめきを怖れながら
ひそかに誰に許しを乞うのだろう　荒れはてた冬の庭に跪いて……

その場所へ

行き暮れて
ゆるしを乞う場所をさがす
さみしい道にまよいながら見つけた
丘の斜面の小さな家
古びたよろい戸に近づいてそっと覗くと
暗いあかりがともる部屋の隅に
楕円形の木のテーブルと
ひとの体温がまだ残っていそうな椅子が一つ
だれも戻って来るけはいはないのに

じつは思いだせないだけで

わたしはその場所を知っていながら
恥じらいもせずさがすふうをしたのだろう
ただ生きているというしぐさに馴れ
すべてのものをやり過ごして
無分別になることさえできずに
夢うつつの繰り返しだった夜も昼も
駅の辺りや舟だまりでのいさかいや別れも
網の目からこぼれるように忘れはてたが
ようやくたどり着いたあの部屋の
あの椅子にかけていたのはだれだろう

星もない寒空の下でけものたちはなぜ啼くのか
血を凍らせてどこから追われて来たのか
戦場が近づくたびわたしたちは
急速に摩滅していく活字のように

ことばも意志もむざんにつぶされて
青ざめた紙のたばになっていた

また冬が来て
わたしはゆるされぬその場所へ
愚かしくもゆるしを乞いに訪れた
しらじらと何も知らないふりをして
ひとりの名も無きものをよそおって
今はのきわに

何処へ

やがて幕は降りる

アラームにゆり起こされ
逃げ去ろうとする夢の尻尾を追って
朝の鏡にむかうとき
さみしい夜ふけの電車の片隅で
ぼんやり窓にうつる自分の顔に気づくとき
何に囚われて生きてきたのか
惑いの道をさすらっていたのか
ざらついた舞台にひとり取り残され
終末が近づいた予感とむかいあう

そのときはじめて出逢うもの
死者たちのけはいがただよっている
読みさしの書物の咽喉に
運河に舫う浚渫船のへさきに
窓にひるがえるカーテンのすそに
軽やかにまわる風見鶏の胸毛に
客席をわかせたベース弾きのほそい手首に
それぞれの時　それぞれの場所で
未知の輪郭にやさしくふれようとする

やがて幕は降りる

人はちりぢりに何処へむかうのか
生きながら腐爛しかけた恥にまみれ

すでに傷を癒すすべもなく
やましさ　未練がましさをひた隠し
仄暗い夕べの辻に立ちすくむとき
たまゆら月の暈の下で
透きとおる異界の影とすれちがうとき
はるかな闇のかなたで始まるステージに
最初の明かりが射し込んでいる

言葉たちに

めぐり来る夏　と
書きなれた言葉でしるす
近くに懐かしい亡霊のけはいも漂っているようだが
あれは物を書く戦場をともにした仲間たちが
そのときどきに触れた言葉や
手放した言葉たちのたましいが
風のまにまにゆらめいているのだ
ひたぶるに生きるため
出会いも訣別もすべて戦場の出来事で
うかつに傷つけた言葉は無数にあるだろう
そしてひそかに恋い焦がれたほんの少しばかりの言葉も

こもごもにその運命をになって
過ぎてゆく夏
はじめての言葉はいつも奇跡のように訪れる
わたしたちが滅びてゆくまでの長く短い生涯の途上で
かけがえのない一瞬に出会うため
あてもなく戦場をさまよいながら
恩寵と幻滅のはざまで発光する一行の詩と遭遇する
この世に生をうけた子が最初に片言を口走るとき
それから息を引取るまぎわの遺言まで
よし詩人であろうとなかろうと
人のいのちを繋ぐのは言葉だけ

ときには居たたまれぬほどの昂ぶりに襲われ
ときにはあらぬ罪を犯して跪き

深手を負ったあげくに気づくのだが
人生の時を巻きもどすことはできない
ふりむけば枯葉色の秋
行く手に待つ死者たちにおくる
いとおしい一度かぎりの言葉はあるか

平林敏彦自筆年譜

一九二四年

八月三日、横浜生まれ。幼時から母子家庭で育てられる。

一九四〇年

「四季」「若草」「文芸汎論」などに詩の投稿を始め、掲載される。四一年秋、田村隆一を東京大塚の下宿に訪ね、強烈な刺戟を受けた。

一九四四年

兵役。陸軍野戦重砲兵連帯（市川国府台）に入隊。劣悪な兵士として一年余を過ごす。

一九四五年

終戦、復員。秋、神奈川新聞記者になる。同時に若い世代による詩誌の発行を計画。横浜の詩人たちに呼びかけて準備にかかる。

一九四六年

年初に上京して月刊雑誌「新風」編集部に就職。金子光晴、壺井繁治、菊岡久利らの知遇を得る。三月、最初の詩誌「新詩派」創刊。まもなく旧知の田村隆一、鮎川信夫、三好豊一郎が参加し、かれらにとって戦後最初の詩、評論が発表される。

一九五一年

秋、中村真一郎の紹介で書肆ユリイカから第一詩集『廃墟』刊行。十二月、詩誌「詩行動」創刊。中島可一郎、柴田元男、飯島耕一、難波律郎、児玉惇、森道之輔、滝口雅子、牧章造らが参加。五三年に飯島が最初の詩集『他人の空』を刊行。

一九五四年

十月、第二詩集『種子と破片』刊。六月、寄稿制の季刊詩誌「今日」創刊。清岡卓行、黒田三郎、大岡信、長谷川龍生、吉岡実、辻井喬、岸田衿子、吉野弘、入沢康夫、鶴見俊輔らが参加。

一九五六年

創刊された月刊詩誌(第一次)『ユリイカ』の編集に携わる。

一九六七年

「今日」終刊後の長い空白期間中に、未知の詩人長田弘が復活を促す詩「秋の理由」を評論集『探究としての詩』(晶文社)に発表する。

一九八八年
詩集『水辺の光　一九八七年冬』（火の鳥社）

一九九〇年
詩集『環の光景　1990』（思潮社）

一九九一年
横浜詩人会会長に就任。

一九九三年
詩集『磔刑の夏　一九九三』（思潮社、第五回富田砕花賞）

一九九五年
詩画集『Luna^2　自乗の月』（青猫座）

一九九六年
『平林敏彦詩集』（思潮社現代詩文庫、解説大岡信、辻井喬、三浦雅士）

一九九八年
詩集『月あかりの村で』（青猫座）

一九九九年
英訳詩集『IN THE MOONLIGHT VILLAGE』（青猫座）

二〇〇四年
詩集『舟歌　Barcarolle』（思潮社）。翌年、第二十三回現代詩人賞を受ける。

二〇〇九年
『現代詩手帖』に連載した原稿に加筆した評論集『戦中戦後　詩的時代の証言1935-1955』（思潮社）刊行、第十二回桑原武夫学芸賞（選考委員は鶴見俊輔、梅原猛ほか）を受賞。日本現代詩人会より先達詩人顕彰を受ける（現在、名誉会員）。

二〇一〇年
詩集『遠き海からの光』（思潮社）

二〇一二年
第十八回横浜文学賞受賞。戦後、現代詩の普及につとめたことに対して。

二〇一四年
詩集『ツィゴイネルワイゼンの水邊』（思潮社、解説三浦雅士）。翌年、第十七回小野十三郎賞を受ける。

初出一覧

青春の門　『新詩派』三月創刊號　一九四六年
燃ゆる衣裳　『新詩派』三月創刊號　一九四六年

＊

Memorandum　『平林敏彦詩集　現代詩文庫142』思潮社、一九九六年
わかものたちは雨のなか　memorandum 1967-1988　「空想カフェ」十六号、二〇一二年
居住地転々　「午前」第六号、午前社、二〇一四年　※

＊

「蒼ざめた vie の犬を見てしまった」君へ　田村隆一から三好豊一郎への書信（一九四六年）　「午前」第七号、午前社、二〇一五年
六十年前の詩誌「今日」に参加した哲学者鶴見俊輔の手紙　「午前」第八号、午前社、二〇一五年
信州発　中村真一郎さんの書翰　「午前」第三号、午前社、二〇一三年　※
飯島耕一のこと　「午前」第十三号、午前社、二〇一八年
なぜ詩を書かないのか　長田弘「秋の理由」一九六七年――　「午前」第九号、午前社、二〇一六年
辻井喬との出会い　『辻井喬詩集　現代詩文庫63』思潮社、一九七五年
逢いたくて　「午前」第十六号、午前社、二〇一九年
いつか何処かで　「現代詩手帖」二〇一九年十一月号、思潮社

河合幸男詩集『空幻の花』の奇蹟　幻の悲歌を書いた少年とその時代
　　　　　　　　　「午前」第十一号、午前社、二〇一七年

Y校の詩人たち　　　「午前」第十一号、午前社、二〇一七年　※

モダニズム詩人、長田恒雄との再会　「午前」第十号、午前社、二〇一六年　※

夏の終わりに　詩人たちのメッセージ　「午前」第十二号、午前社、二〇一七年

*

夢の中でも　『平林敏彦詩集　現代詩文庫142』思潮社、一九九六年

小さな旗のごときもの　「現代詩手帖」二〇一五年一月号、思潮社

草の舟　「午前」第七号、午前社、二〇一五年

幽界の夏　「午前」第四号、午前社、二〇一三年

鯰　catfish　「現代詩手帖」二〇一八年一月号、思潮社

荒れはてた冬の庭で　「現代詩手帖」二〇一七年一月号、思潮社

その場所へ　「午前」第二号、午前社、二〇一二年

何処へ　「午前」第五号、午前社、二〇一四年

言葉たちに　「午前」第六号、午前社、二〇一四年

※は、収録にあたり、改題、もしくは新たに題をつけた。

平林敏彦　ひらばやし　としひこ

詩人。一九二四年横浜市生まれ。戦中に詩作を始め、「若草」「文芸汎論」「四季」などに発表。復員後間もない一九四六年三月に同人誌「新詩派」を創刊、田村隆一らに原稿を依頼する。「新詩派」終刊後「詩行動」「今日」を創刊、一九五六年に創刊された詩誌「ユリイカ」の編集に携わるなど、戦後詩人たちとも多く交流をもつ。一九五一年に第一詩集『廃墟』、一九五四年に第二詩集『種子と破片』を書肆ユリイカより出版。約三十年間の沈黙を経て、一九八八年に第三詩集『水辺の光　一九八七年冬』を出版する。以後の詩集に『磔刑の夏　一九九三』（一九九三年、第五回富田砕花賞）、『舟歌Barcarolle』（二〇〇四年、第二十三回現代詩人賞）、『ツィゴイネルワイゼンの水邊』（二〇一四年、小野十三郎賞）など。戦前から戦後にかけての詩人たちの動向を記録した『戦中戦後　詩的時代の証言　1935-1955』（二〇〇九年）にて第十二回桑原武夫学芸賞受賞。現在、日本現代詩人会名誉会員。

言葉たちに　戦後詩私史

二〇二一年六月十日初版発行
著　者　平林敏彦
発行者　上野勇治
発　行　港の人
神奈川県鎌倉市由比ガ浜三―一一―四九
〒二四八―〇〇一四
電話〇四六七―六〇―一三七四
FAX〇四六七―六〇―一三七五
装　丁　港の人装本室
印刷製本　創栄図書印刷
ISBN978-4-89629-392-0
©Hirabayashi Toshihiko 2021, Printed in Japan